Rejs til fortiden

Rejs til fortiden

ALDIVAN TORRES

Canary Of Joy

Contents

1 Rejs til fortiden   1

1

Rejs til fortiden

Rejs til fortiden
Aldivan Teixeira Torres

Forfatter: Aldivan Teixeira Torres
©2019-Aldivan Teixeira Torres
Alle rettigheder forbeholdes

Denne bog, herunder alle dens dele, er beskyttet af ophavsret og kan ikke gengives uden forfatterens tilladelse, videresælges eller overføres.

Kort biografi: Aldivan Teixeira Torres, født i Brasilien, er en konsolideret forfatter i forskellige genrer. Hidtil har titler udgivet på snesevis af sprog. Fra en tidlig alder har han altid været en elsker af kunsten at skrive, der har konsolideret en professionel karriere fra anden halvdel af 2013. Han håber med sine skrifter at bidrage til international kultur og vække fornøjelsen af at læse hos dem, der ikke har vane. Din mission er at erobre hjertet af hver af dine læsere. Ud over litteratur er hans vigtigste afledningsmanøvrer musik, rejser, venner, familie og glæden ved livet selv. „For litteratur, lighed, broderskab, retfærdighed, værdighed og ære for mennesket altid" er hans motto.

Rejs til fortiden
Hvor er jeg?
Første indtryk
Hotellet
Middagen
En gennem landsbyen
Den Sorte Slot
Kapellet ruinerer
Ordenen
Møde med bosiddende
Beslutningsforslag
Synet
Begyndelsen
Jernbanen
Flytningen
Ankomsten ved bungalow
Møder med borgmesteren
Møde med landmænd
Hjemme
Annonceringen
Den første arbejdsdag
Picnic
Majorens misbrug
Mass
Refleksioner
Sucavão
Markedet
Sagen om koen
Pressen

Hvor er jeg?

Jeg vågner og indser, at jeg er alene. Hvad skete der med Renato? Kunne det være, at han ikke overlevede tidsrejsen? Det var alt, hvad jeg kunne konkludere i det øjeblik. Vent? Hvor er jeg? Jeg kender ikke stedet. Der er ingen jord, der er ingen himmel, og det er et komplet tomrum. Lidt længere væk fra det sted, hvor jeg er, opfatter jeg et møde med folk i procession, som er klædt i sort. Jeg nærmer mig dem for at finde ud af, hvad det handler om. Jeg kan ikke lide at være ukendte steder alene. Når jeg kommer tættere på, indser jeg, at det ikke er en proces, men en begravelse. Kisten står i centrum, der er holdt af tre personer. Jeg går op til en af de mennesker, der er til stede.

" Hvad sker der? Hvis begravelse er det?

"Det, der begraves, er disse menneskers tro og håb.

" Hvad? Hvordan?

Uden at kunne forstå det, går jeg fra begravelsen. Hvad lavede de skøre mennesker? Så vidt jeg vidste, begravede du de døde og ikke følelser. Tro og håb bør aldrig begraves, selv om det er en desperat situation. Begravelsen forsvinder i horisonten. Solen kommer, og et intenst lys kan ses øverst på sletten. Lyset trænger igennem og fortærer hele mit væsen. Jeg glemmer alle problemer, sorger og lidelser. Det er Skaberens vision, og jeg føler mig helt afslappet og selvsikker i hans tilstedeværelse. I flyet under en skyggebølger og med det, onde. Mørkets syn gør mig til grin. De to særskilte sletter repræsenterer "modstandskræfter", som man hele tiden står over for i universet. Jeg er på den gode side, og jeg vil arbejde hårdt for at sikre, at det altid vil sejre. De to sletter forsvinder fra mit syn, og kun det tomme rum er hos mig nu. Jorden ser ud, blå himmel skinner, og om et øjeblik vågner jeg op, som om alt ikke var andet end en drøm.

Første indtryk

Den sande opvågning efterlader mig i god humor. Rejsen i tide synes at have været en succes. Ved min side, stadig sover, synes jeg, Renato virker som om han virkelig nød rejsen. Hvor er jeg? Om et øjeblik finder jeg ud af det. Jeg overvejer omhyggeligt stedet, og det ser bekendt ud. Bjergene, vegetationen, topografien, alt er det samme. Vent. Noget er anderledes. Landsbyen synes ikke længere at være den samme. De huse, der nu findes, spredt fra den ene side til den anden, hvis de samles i træk, ikke ville udgøre mere end én gade. Jeg forstår, hvad der skete, vi rejste i tide, men ikke i rummet. Jeg skal ned ad bjerget for at observere alt det her. Jeg nærmer mig Renato og begynder at ryste ham. Vi kan ikke spilde tid med forsinkelser, for vi har præcis 30 dage til at hjælpe en, jeg stadig ikke har mødt. Renato strækker sig og begynder at falde ned ad bjerget med mig. Jeg tror ikke, han er kommet over kampen om tidsrejser endnu. Han er stadig et barn og har brug for min hjælp.

Vi har i stadig stigende grad initialiseret en god del af ruten, og Mimoso nærmer sig. Vi kan allerede se børn lege på gaden, vaskekvinder med deres sække på en nærliggende dæmning, unge mennesker, der socialiserer på det lille lokale kvadrat. Hvad venter der på os? Hvem har brug for hjælp? Alle disse svar vil blive indhentet i løbet af bogen. Der står noget i Mimoso himlen, mørke skyer fylder hele miljøet. Hvad betyder det? Jeg må finde ud af det. Vores skridt accelererer, og vi er omkring 100 meter fra landsbyen. Nordpå er et tårn, stilfuld og smukt hjem. Det må tjene som bopæl for en vigtig person. I vest, ligger et sort slot blandt husene. Det er skræmmende bare ved udseende. Vi ankommer endelig. Vi er i den centrale region, hvor de fleste huse er placeret. Jeg skal finde et hotel, for turen var lang og trættende. Mine tasker vejer tungt på mine arme. Jeg taler med en af beboerne, der fortæller mig, hvor jeg kan finde en. Det er lidt længere syd fra, hvor vi var. Vi tager derhen.

Hotellet

Rejsen fra hvor vi var oppe, indtil hotellet blev udført fredeligt. Vi blev kun observeret lidt af de mennesker, vi mødte. Blandt disse mennesker stod nogle tal ud: En kvinde med en hat i stil med Carmen Miranda, en dreng med piskemærker på ryggen, og en trist pige ledsaget

Rejs til fortiden 5

af tre stærke mænd, der syntes at være hendes livvagter. De opførte sig mærkeligt, som om denne landsby ikke var noget almindeligt samfund. Vi er foran hotellet. Udefra kan det beskrives sådan her: murstenspæl med et areal på ca. 1600 kvadratmeter med en hjemme-stil, omvendt, V-formet tag. Vinduet og hoveddøren er træ og er dækket af fine gardiner. Der er en lille have, hvor der vokser blomster af forskellige slags. Det var det eneste hotel i Mimoso, så vi er blevet informeret. Næste dør, kun et par meter væk, var en tankstation. Jeg prøvede at finde klokken, men kunne ikke. Jeg huskede, at vi sandsynligvis var i ældre tider, og vi var i øvrigt på landet, hvor civilisationens fremskridt endnu ikke er nået. For at kunne deltage i denne løsning var det at bruge den gamle rå metode, der vækker selv den inviterede døve.

" Hallo! Er der nogen?

Inden længe går døren knirker og viser således, at en statslig kvinde i ca. 60 år med lys øjne og rødt hår. Hun var tynd, havde skyllet kinder og ved at analysere sit ansigt er hun bare lidt oprevet.

" Hvad er det for en larm? Har du ingen manerer?

" Jeg kunne ikke se dig. Er du ejeren af hotellet? Vi skal bruge bolig i 30 dage. Jeg vil betale dig gavmildt.

"Ja, jeg ejer dette hotel i mere end 30 år. Jeg hedder Carmen. Jeg har kun et værelse til rådighed. Er du interesseret? Hotellet er ikke luksuriøst, men det tilbyder god mad, venner, almindelige boliger og en vis familie.

" Ja, vi accepterer. Vi er trætte, da vi har haft en lang tur. Afstanden fra her til hovedstaden er ca. 100 km.

" Så er værelset dit. De kontraktbaser, vi finder ud af senere. Velkommen. Kom ind og slap af. Lad som om I er hjemme.

Vi går gennem haven, der giver adgang til indgangen. God hvile og god mad kan virkelig genforene vores styrke. Denne dame, der svarede os, og som nu vi fulgte efter, var virkelig sød. Det ville ikke være så ensformigt. Da hun havde lidt tid, kunne vi tale og lære hinanden bedre at kende. Desuden måtte jeg finde ud af, hvem jeg måtte hjælpe, og hvilke udfordringer jeg måtte overvinde for at genforene "modstandskræfterne." Dette var et andet skridt i min evolution som synsk.

Døren åbnes af Carmen og vi går ind i et lille rum med møbler, der er karakteristisk tilpasset den nuværende tidsperiode og dekoreret med renæssancemalerier. Atmosfæren er meget bekendt. Sidder på en bænk på højre side, er tre mennesker. En ung mand, ca. 20 år gammel, slanke, sorte øjne og hår og meget godt udseende; en mand i omkring 40 år med en god fysik, sort hår og brune øjne, en ung luft til ham og et engageret smil; og en ældre mand, mørkhåret, krøllet, med en alvorlig attitude og se på hans ansigt. Carmen har gjort sig til at præsentere os:

"Det er min mand Gumercindo (peger på den ældre mand), og det er mine andre gæster: Rivanio, han kaldes Vaninho, og er medarbejder ved togstationen og Gomes (den unge mand), er ansat i landbrugsbutikken.

" Mit navn er Aldivan, og det er min nevø, Renato.

Med præsentationer fører Carmen os til vores værelse. Det er rummeligt, let og luftigt. Der er to senge i den, og det gør mig mere afslappet. Vi lægger vores tasker væk, indlogerer os selv, og i det øjeblik forlader Carmen os. Vi hviler lidt, og senere spiser vi middag.

Middagen

Efter en god søvn vågner jeg med styrker fornyet. Jeg er på hotelværelset sammen med Renato. Min bevidsthed vejer på mig, som jeg ved, at jeg har løjet. Jeg er ikke fra Recife, og Renato er min nevø. Men det var bedst. Jeg kender stadig ikke de mennesker, jeg præsenterede mig for. Det er bedre at blive i defensiven, for tillid er noget, man tjener. Hvis jeg fortalte sandheden, ville de kalde mig skør. Sandheden er, at jeg gik op til bjerget for at søge efter mine drømme, jeg udførte tre udfordringer og gik ind i den frygtede grotte af fortvivlelse. Jeg undgik fælder og scenarier, jeg blev Seer og tog en tur gennem tiden for at finde det ukendte. Nu var jeg der for at finde svar. Jeg vågner, vækker Renato og går til spisestuen. Vi var sultne, da vi ikke har spist i seks timer.

Vi gik ind i spisestuen, hilser hinanden og satte os ned. Det serverede måltid er varieret og typisk nordøst: Majsgrød med mælk

Rejs til fortiden

eller majsgryderet med kylling er mulighederne. Til dessert er der kassava dej kage. En samtale starter op og deltager alle i den.

" Hvad laver du, mr. Aldivan? " Jeg afhørte Carmen.

"Jeg er journalist og journalist ud over en matematiklærer. Jeg blev sendt af hovedstadens avis for at finde en god historie. Er det sandt, at dette sted skjuler dybe mysterier?

" Det tror jeg. Men vi er forbudt at tale om det. Hvis du ikke vidste det, lever vi i henhold til loven og orden fra kejserinden. Hun er en magtfuld troldkvinde, der bruger mørke kræfter til at straffe dem, der ikke adlyder. Hun kan høre alt.

Et øjeblik, jeg kvalte mig næsten i maden. Nu forstod jeg betydningen af de mørke skyer. Resten af "modstående kræfter" blev brudt. Denne onde kvinde blokerede solens stråler, dens rene lys. Denne situation kunne ikke forblive sådan længe, ellers ville Mimoso kunne dø sammen med sine indbyggere.

" Er det sandt, at journalister lyver meget? Spørg Rivanio.

" Det sker ikke, i hvert fald i mit tilfælde. Jeg prøver at være trofast mod mine overbevisninger og nyhederne. En rigtig journalist er en seriøs, etisk og lidenskabelig med deres erhverv.

" Er du gift? Hvad er dine livsmål? Carmen spørger.

" Nej. Engang sagde nogen, at Gud ville sende nogen til mig. Jeg fokuserer på mine studier og på mine drømme. Kærlighed kommer en dag, hvis det er min skæbne.

" Hr. Gumercindo, fortæl mig om Mimoso.

" Det er som min kone sagde, at vi ikke må tale om tragedien her for nogle år siden. Siden Clemilda begyndte at regere, har vores liv ikke været det samme.

Følelser overvandt alle, der var i rummet. Tårerne blev holdt fast i Gumercindo ansigt. Det var ansigtet på en fattig mand, der var træt af denne troldmands grusomme diktatur. Livet havde mistet sin betydning for disse mennesker. Alt, der var tilbage, var, at de døde med meget lidt håb om, at nogen ville hjælpe dem.

" Slap af, alle sammen. Det er ikke verdens undergang. Denne tilstand kan ikke vare ret længe. Verdens modstandskraft bør fortsat være i balance. Bare rolig. Jeg hjælper dig.

" Hvordan? Heksen har kræfter over mennesker. Hendes pest har ødelagt mange liv. (Gomes)

"De gode kræfter er også stærke. De er i stand til at genoprette freden og harmonien her. Tro mig.

Mine ord ser ikke ud til at have den ønskede virkning. Samtalen ændrer sig, og jeg kan ikke koncentrere mig om det. Hvad tænkte de på? Gud holdt virkelig af dem. Ellers havde jeg ikke rejst op ad bjerget, stå over for udfordringerne, overvundet hulen og mødt værgen. Alt dette var et tegn på, at tingene kunne ændre sig. Men de vidste det ikke. Tålmodighed var nødvendigt for at overbevise dem om at fortælle mig sandheden eller i det mindste vise mig en vej. Jeg spiser middag sammen med Renato. Jeg rejser mig op fra bordet, undskylder mig selv og falder i søvn. Dagen efter bliver afgørende i mine planer.

En gennem landsbyen

En ny dag dukker op. Solen står op, fuglene synger og morgenens friskhed kuverter hele hotelværelset, vi er i. Jeg vågner op og har det forfærdeligt. Renato er allerede vågen. Jeg strækker, børster tænder og tager et bad. Det, jeg hørte aftenen før, gør mig lidt bekymret. Hvordan kunne Mimoso være domineret af en ond heks? Under hvilke omstændigheder? Mysteriet var for dybt for mig. Kristendommen blev gennemført i USA i det 16. århundrede, og siden da er det blevet overdrevet, og hele kontinentet er blevet gennembrudt. Hvorfor dominerede ondskaben så lige der midt i ingenting? Jeg måtte finde årsagerne og årsagerne hertil.

Jeg forlader værelset og går ud i køkkenet for at spise morgenmad. Bordet er klar, og jeg kan se nogle godter: Maniok, tapioka og kartofler. Jeg begynder at tjene mig selv, fordi jeg føler mig hjemme. De andre gæster ankommer og handler også på samme måde. Ingen rører ved emnet aftenen før, og ingen tør heller. Carmen kommer og tilbyder

Rejs til fortiden

mig en kop te. Jeg accepterer. Teas er godt for at lette hjertesorg og hæve ens ånd. Jeg taler med hende.

" Kan du få nogen til at guide mig i Mimoso? Jeg vil gerne lave nogle interviews.

" Det er ikke nødvendigt, min kære. Mimoso er ikke andet end en landsby.

" Du misforstod mig desværre. Jeg vil have en, der er intim med folket, en jeg kan stole på.

" Jeg har mange pligter. Alle mine gæster arbejder. Jeg har en idé: Søg efter Felipe, søn af ejeren af lageret. Han har fri tid.

" Tak for tippet. Jeg ved, hvor lageret ligger i centrum. Jeg ringer til Renato, så går vi sammen.

" Vidunderligt. Held og lykke.

Jeg kalder på Renato, som stadig er på hotelværelset. Jeg håber, han får morgenmad, så vi kan gå. Kan jeg få præcise oplysninger om Mimoso-sagen? Jeg var ivrig efter at vide det. Renato spiser morgenmad, så siger vi farvel til Carmen og går endelig. Hotelpladsen er fyldt med unge og børn. De unge børn står og taler med hinanden, og børnene leger. Jeg observerer al spændingen, mens jeg passerer forbi. Jeg vender om på hjørnet på vej til centrum og ankommer hurtigt til lageret. En mand på ca. 50 år er assistenten. Jeg signalerer til manden om at komme over.

" Hvad kan jeg hjælpe med?

" Jeg leder efter Felipe. Hvor han er, tak?

" Felipe er min søn. Jeg ringer til ham. Han er i depotet.

Manden går væk og kort tid efter tilbagevenden ledsaget af en ung rødhåret, og mens tynd bliver bygget som en mand på omkring 17 år gammel.

" Jeg hedder Felipe. Hvad skulle du bruge?

" Carmen anbefalede dig til mig. Du skal følge med mig til nogle interviews. Jeg hedder Aldivan, rart at møde dig.

" Ja, med fornøjelse, jeg følger med. Jeg har lidt fritid. Vi kan begynde med apoteket, der er inde ved siden af. Ejeren er kendt som ejeren, da han har været her siden fonden.

" Fint. Kom så.

I henhold til Renato og Felipe tager jeg til lægen, hvor jeg vil udføre mit første interview. At jeg ikke er en sand journalist gør mig lidt nervøs og urolig. Jeg håber, jeg klarer mig godt. Jeg gik op af bjerget, jeg udførte tre udfordringer og bestod hulens test. Et simpelt interview vil ikke rive mig ned. Når vi ankommer til apoteket, er vi straks til stede. Vi er introduceret for ejeren. Jeg beder om at interviewe ham, og han er enig. Vi trækker os tilbage til et mere passende sted, hvor vi kan være alene og tale sammen. Jeg begynder interviewet genert.

"Er det sandt, at du er en af de ældste beboere, en af grundlæggerne af dette sted?

" Ja, og kald mig ikke sir. Jeg hedder Fabio. Mimoso begyndte at stå ud lige siden jernbaneafdelingens implantation. Fremskridt og moderne teknologi ankom i 1909 med de store vestlige tog. De britiske ingeniører Calander, Tolester og Thompson designede jernbanens spor, byggede stationsbygningerne, og Mimoso begyndte at vokse. Handelen blev gennemført, og Mimoso blev et af de største lagerbygninger i regionen, og kun til Carabais. Mimoso er bestemt til at vokse, og det er derfor, jeg er her.

"Har livet her altid været glat, eller har det oplevet tragiske begivenheder?

" Ja, det har det været. I hvert fald indtil for et år siden. Siden da har det ikke været det samme. Folk er triste og har mistet alt håb. Vi lever under et diktatur. Skattebyrden er for høj, vi har ikke ytringsfrihed, og vi må gøre vores stemmer til skjulte kræfter. Religion for os er blevet synonym med undertrykkelse. Vores guder er onde guder, der vil have blod og hævn. Vi har mistet kontakten med Gud, faderen, den eneste ene.

" Fortæl mig om det, der skete for et år siden.

" Jeg vil ikke, og jeg kan ikke tale om tragedien. Det er meget smertefuldt.

" Jeg har brug for oplysningerne.

" Nej. Min familie ville lide, hvis jeg fortalte dig det. Ånderne kan høre alt og fortælle Clemilda. Jeg kunne ikke løbe så meget af en risiko.

Rejs til fortiden

Jeg insisterer igen og igen, men han bliver fastspændt. Frygt har gjort ham til en kujon og småsindet. Han trækker sig tilbage uden yderligere forklaring. Jeg er alene, rastløs og fuld af spørgsmål. Hvorfor frygter de denne troldkvinde så meget? Hvilken tragedie talte han? Jeg havde brug for at vide, hvor jeg stod. Jeg var Seer, gaver af gaver, men det gjorde det ikke lettere. Hvis Clemilda regerede de mørke kræfter, ville hun være en formidabel modstander. Sort magi kan fange ethvert menneske, selv de bedste naturnetværk. De modstandere af magten kunne ødelægge universet, og det var det længste fra mit sind. Der var behov for forsigtighed lige nu. Det, der stod klart for mig, var, at balancen i "modstående kræfter" blev brudt, og det var min mission at genforene den. Men det var nødvendigt at kende hele historien. Jeg går med den tanke. Jeg finder Renato og Felipe, og vi tager til nye interviews. Jeg håber, at det lykkes.

Jeg er frustreret efter interviewene. Jeg fik ikke alle de oplysninger, jeg havde brug for. Hvilken slags journalist var jeg? Jeg burde have taget en kurs i journalistik. Alle de personer, jeg interviewede, bageren og smeden, gentog det, jeg allerede vidste. Renato og Felipe prøver at trøste mig, men jeg kan ikke tilgive mig selv. Nu var jeg fortabt, i enden af verden, hvor civilisationen endnu ikke er kommet. Jeg vidste kun, at Mimoso blev regeret af en ond heks. Det skrig, jeg hørte i fortvivlelsens grotte, gjorde mig svimmel. Hvem var det, der havde brug for min hjælp? Jeg koncentrerede mig om dette råb og, hjulpet af mine kræfter, var kommet til Mimoso via tidsrejser. Målene for denne rejse var endnu ikke klar for mig. Vogteren havde talt om at genforene "modstandskræfterne", men jeg anede ikke, hvordan man skulle gøre det. Jeg vidste, at jeg stadig ikke havde fuld kontrol over mine "modstandere" og det gjorde mig mere ondt. Det var ikke det rette tidspunkt at blive modløs. Jeg havde stadig 28 dage til at løse dette problem. Nu var det bedst at komme tilbage til hotellet og samle min styrke, som jeg havde brug for. Renato og Felipe var sammen med mig, og på vej, lærte vi hinanden bedre at kende. De er virkelig gode mennesker. Jeg føler mig ikke så alene her, som er domineret af kræfterne nedenunder og er fuld af mysterier.

Den Sorte Slot

Vi er på vores tredje dag efter tidsrejsen. Den foregående dag havde ikke glemt gode minder. Efter interviewene besluttede jeg at tilbringe resten af dagen på hotellet og finde mig selv. Det var mit udgangspunkt: Find mig selv til at løse vigtige spørgsmål. Renato har stadig ikke hjulpet mig indtil videre. Jeg tror, at værgen tog fejl af at have sendt ham med mig. Han var jo kun et barn, og som sådan havde han ikke mange ansvarsområder. Min situation var helt anderledes. Jeg var en ung mand på 26 år, en administrativ assistent med en grad i matematik og mange mål. Jeg havde ikke tid til at tænke på kærlighed eller mig selv, fordi jeg var på en mission, selvom jeg ikke vidste præcis hvad det var. Den eneste sikkerhed, jeg havde, var, at jeg gik op ad bjerget, indså udfordringerne, fandt den unge pige, spøgelset, barnet og værge og jeg bestod prøverne i grotten. Jeg blev Seeren, men det var ikke alt. Jeg måtte overvinde livstruende udfordringer konstant. En ny dag er ved at gå i gang, og med den nye håb. Jeg står op, tager et bad og spiser morgenmad, børste tænder og siger farvel til Carmen. Den foregående dag har vækket mig en ny idé: At kende min fjende intimt og stjæle oplysninger fra dem. Det var den eneste udvej.

Jeg går ud på gaden og ser legepladsen og alle sidder på bænken. De opfører sig normalt som om de var i et normalt samfund. De har overensstemmelse. Mennesker bliver vant til alt, selv i dødssteder. Jeg går hele tiden. Jeg vender om, møder nogle mennesker, og jeg er fast besluttet på det. Udfordringerne i grotten hjalp mig med at miste min frygt for enhver form for omstændighed. Jeg fandt tre døre, der repræsenterede frygt, fiasko og lykke. Jeg valgte lykke og skaffede resten af vejen. Jeg var klar til nye udfordringer. Jeg vender et andet hjørne og kommer til den vestlige side af landsbyen. Et stort slot dukker op. Det er en bedrøvende bygning bestående af to tårne og et sekundært tårn. Bopælen er sort malet mursten. Dårlig smag, typisk for en skurk. Mit hjerte løber, og det gør mine skridt også. Mimoso fremtid afhænger af min holdning. Uskyldige liv var på spil, og jeg ville ikke tillade flere uretfærdigheder. Jeg klapper i hænderne og håber at få no-

Rejs til fortiden 13

gen i huset opmærksomhed. En robust dreng, høj og mørkhudet kommer ud indefra.

" Hvad skulle du bruge?

" Jeg skal tale med Clemilda.

" Hun har travlt nu. Kom en anden gang.

" Vent lidt. Det er vigtigt. Jeg er journalist for Daglig journal og har lavet en særlig rapport om hende. Giv mig fem minutter.

" Journalister? Det tror jeg, hun vil kunne lide. Jeg annoncerer din ankomst.

" Det behøves ikke. Lad mig komme med dig.

Manden signalerer ja, og jeg starter de mange skridt, der giver adgang til hoveddøren. En rystende flugt løber gennem min krop og insisterende stemmer advarer mig om ikke at gå ind. En kat går forbi og glimrer sine grusomme kløer. Jeg beder inderligt om, at Gud giver mig styrke til at modstå enhver situation. Drengen følger mig, og vi går ind. Døren giver adgang til en stor udsmykkede foyer fyldt med farver og liv. På højre side er der adgang til mere end tre kamre. I midten er billeder af helgener med horn, kranier og andre syndige genstande. På venstre side er der mærkelige malerier. Det er forfærdeligt, og jeg kan ikke beskrive det. Negative kræfter dominerer stedet og gør mig svimmel, da dette er et sammenstød af "modstandskræfter." Manden stopper foran et af rummene og banker på. Døren åbner, ryger stiger, og en fed, sort kvinde med stærke træk, omkring 40 år gammel, dukker op.

"Hvad skylder jeg æren af Seer personligt, der kommer og besøger mig?

Hun signalerer, at manden forsvinder. Jeg er fuldstændig forvirret af hendes holdning. Hvordan kendte hun mig? Kunne hun vide det om bjerget og hulen? Hvilke mærkelige kræfter havde kvinden? Det og mange andre spørgsmål gik igennem mit sind på det tidspunkt.

" Jeg kan se, du kender mig. Så burde du vide, hvorfor jeg kom her. Jeg vil vide, hvordan du har domineret så stille sted.

" Tragedie? Hvilken tragedie? Der skete ikke noget her. Jeg har kun ændret stedet lidt for at gøre det mere fornøjeligt. Folk med deres falske lykke… de gik mig på nerverne, og jeg besluttede at ændre den. Mimoso blev min ejendom, og ikke engang du kan gøre noget ved det. Dine synske kræfter er intet sammenlignet med mine.

Alle skurke er selvtilfredse og stolte. Vi ved begge, at denne situation ikke kan fortsætte længe. De "modstående kræfter" skal forblive i balance i hele universet. God og ond kan ikke modsætte sig hinanden, for ellers risikerer universet at forsvinde.

" Jeg er ligeglad med universet eller dets folk! De er ikke andet end insekter. Mimoso er mit domæne, og det må du respektere. Hvis du modsætter dig mig, vil du lide. Jeg skal bare nævne et ord til majoren, og jeg får dig anholdt.

" Truer du mig? Jeg er ikke bange for trusler. Jeg er Seer, der gik op ad bjerget, fuldført tre udfordringer og slog hulen.

" Forsvind, inden jeg laver dig i min gryde. Jeg er træt af din dyd. Det væmmes ved mig.

" Jeg går, men vi mødes igen. Det gode er altid sejre til sidst.

Meget hurtigt forlader jeg hende og går hen til døren. Jeg kan stadig høre hendes spøg. Hun er virkelig ret sur. Mine spørgsmål er ubesvarede, og jeg er stadig usædvanlig og uden tegn. Mødet med Clemilda havde ikke opfyldt mit mål.

Kapellet ruinerer

Når jeg forlader det sorte slot, beslutter jeg at tage en anden vej. Jeg vil se flere af byen og dets folk. Jeg går mod øst, finder jeg nogle og prøver at tale. Men de undgår mig. Deres mistillid er endnu større, fordi jeg er en ukendt, ung journalist. De kender ikke mine sande hensigter. Jeg vil redde Mimoso, finde den person, jeg leder efter og genforene "modstandsbevægelsen", som værgen bad mig om. Men for det var det nødvendigt at låne lidt af stedet og kende mine fjender. Jeg ville være nødt til at finde ud af det så hurtigt som muligt, for jeg havde en deadline at overholde. Inflation af bjerget, udfordringerne, hulen, alt dette var nødvendigt for mig at vide, hvordan livet var, og hvordan folk levede det. Det var på tide at gennemføre det. Jeg vender om hjørnet og et par meter foran, støder jeg på en bunke murbrokker. Jeg tænker på den manglende organisering af stedet og dets befolkning. Skraldet flyder frit blandt samfundet og kan overføre sygdomme og tjene som dyr og insektplanteskole. Det var skadeligt for mennesket. Jeg kommer nærmere for at se på stedet. Vent. Der er noget anderledes i det her skrald. Jeg ser et kæmpe krucifiks som om det var fra et kapel. Jeg flytter skraldet bedre og kan se klart: Det er et krucifiks. Når jeg rører den, får jeg en bølge af varme kurser gennem hele kroppen, og jeg begynder at få syner. Jeg ser blod, lidelser og smerte. Et øjeblik befinder jeg mig på det sted, hvor jeg deltager i fortidens begivenheder. Jeg fjerner min hånd fra korsfæstet. Jeg er ikke klar endnu. Jeg har brug for tid til at absorbere alt, hvad jeg har følt på mindre end tre sekunder. Korset styrker mine kræfter, og jeg begynder at føle en magts handling mod mine.

Ordenen

Mit besøg på den frygtede, mørke troldmand ved navn Clemilda havde ikke gjort hende glad. Hun var aldrig blevet modsagt. Hendes område over Mimoso samfund var fuldstændig ubegrænset. Men hun havde ikke regnet med, at gode sender mig tilbage til stedet. Umiddelbart efter min afrejse fra slottet genforenede hun sig med sine lakajer, Totonho og Cleide og de konsulterede de okkulte styrker. De gik ind i venstre rum i gangen og tog som et offer et lille svin. Heksen tog en bog og begyndte at recitere sataniske bønner på et andet sprog, og hun og hendes kroniser begyndte at ofre det stakkels dyr. Et spor af blod fyldte rummet, og de negative kræfter begyndte at koncentrere sig. Områdets naturlige belysning var dæmpet, og troldmanden begyndte at skrige. På kort tid overtog mørket anlægget, og en kommunikationsdør mellem de to verdener blev åbnet gennem et spejl. Clemilda optrådte med ære til hendes Herre og begyndte at henvise til ham. Hun var den eneste på området, der havde denne evne. Det syndige orakel og hendes receptor var ved fuld kommunikation i nogen tid. De andre så bare på hele situationen. Efter mødet forsvandt mørket, og siden vendte stedet tilbage til sin oprindelige stat. Clemilda kom tilbage fra samtalens konsekvenser, ringede til hendes hjælpere og sagde:

"Spred i hele samfundet følgende rækkefølge: Den, der, mand eller kvinde, giver oplysninger til en mand ved navn Seer, vil blive straffet hårdt. Hans eller hendes død vil være tragisk og markere deres passage ind i mørkets rige. Dette er dronningen Clemilda for Mimoso.

Hastigt Clemilda lakajer gik for at opfylde rækkefølgen af meddelelsen til beboerne i landsbyen, til naboområder og til landjorderne.

Møde med bosiddende

Med den ordre, som Clemilda har udstedt, var beboerne endnu mere tilbageholdende i denne sag. Fabio, apotekeren og formand for boligforeningen, indkaldte til et hastende møde med de vigtigste ledere af stedet. Mødet var planlagt kl. 10.00 i associeringsbygningen i centrum. De ville overveje min sag.

På det tidspunkt var bygningens hovedhal helt fyldt. Der var i øjeblikket major Quintino, den delegerede Pompeu, Osmar (landbruger), Sheco (ejer af lageret) og Otavio (ejeren af landbrugslagrene). Præsidenten Fabio indledte mødet:

"Mine venner, som I ved, gav Clemilda en ordre i går eftermiddag. Ingen bør videregive oplysninger til et emne, der hedder "Seer", som bor på hotellet. Jeg kan se, at denne person er meget farlig og skal holdes i klemme. Han prøvede endda at indsamle nogle oplysninger fra mig, men fejlede. Han ville vide noget om tragedien.

" Seeren? Jeg har ikke hørt om den person. Hvor kommer han fra? Hvem er han? Hvad vil han med vores lille landsby? (Spurgte majoren)

" Rolig, major. Det ved vi stadig ikke. Vi har kun information om, at han er en mystisk fremmed. Vi må beslutte, hvad vi skal gøre med ham. (Fabio)

" Vent lidt. Han er ikke kriminel. Min søn Felipe ledsagede ham på en gåtur til byen og fortalte mig, at han er en god, ærlig person. (Sheco)

" Det kan bedrage, sønnike. Hvis Clemilda har lagt denne ordre på os, er denne mand blevet til fare for os. Vi må forvise ham så hurtigt som muligt. (Otavio)

"Hvis du har brug for min hjælp, er jeg ledig. (Pompeu, den delegerede)

Der opstår en mindre forstyrrelse i forsamlingen. Nogle begynder at protestere. Pompeu rejser sig, konsulterer de store og siger:

" Lad os anholde ham. I fængslet vil vi stille alle de nødvendige spørgsmål til ham.

Gruppen adskiller sig med ordren om at anholde mig. Kunne det være, at jeg var kriminel?

Beslutningsforslag

Jeg forlader kapellet og begynder at gå mod hotellet. Min sjette sans siger, at jeg er i fare. Siden jeg har været i Mimoso, har det altid advaret mig om, hvor jeg skulle hen. En landsby domineret af mørke kræfter var ikke et godt valg af ferie. Men jeg ville være nødt til at opfylde det løfte, der blev givet til bjerget: At genforene "modstandskræfterne" og hjælpe ejeren af det skrig, jeg hørte i fortvivlelsens grotte. Jeg kunne aldrig forlade missionen. Mine fodspor accelererer, og snart ankommer jeg til hotellet. Jeg åbner døren, går ud i køkkenet og finder Carmen, mit sidste håb. Jeg følte mod nok og regnede med venlighed til at hjælpe mig.

"Ms. Carmen, jeg må tale med Dem.

" Sig mig, Aldivan, hvad vil du?

"Jeg vil vide alt om Mimoso tragedie og historie.

" Min søn, det kan jeg ikke. Ved du ikke, hvad det seneste er? Clemilda truede med at dræbe alle dem, der gav dig informationer.

" Det ved jeg. Hun er en slange. Men hvis du ikke hjælper mig, vil Mimoso synke endnu mere og løbe risikoen for at forsvinde.

" Jeg tror det ikke. Den rådne dør aldrig. Det er den lektie, jeg har lært, siden hun begyndte at regere.

Stilhed har været til stede i et øjeblik, og jeg indså, at hvis jeg ikke fortalte sandheden, ville jeg ikke have nogen svar. Mine fangevogter var klar til at angribe.

" Carmen, hør godt efter. Jeg er hverken journalist eller journalist.

Jeg er faktisk en tidsrejsende, hvis opgave det er at genoprette balancen, som Mimoso har så stor brug for. Før jeg kom hertil, tog jeg op ad Ororubá bjerget, jeg udførte tre udfordringer, fandt en ung mand, værge, spøgelset og Renato. Jeg har fået ret til at komme ind i fortvivlelse hulen, grotten, der kan realisere selv de mest dybe drømme. I grotten undgik jeg fælder og avanceret gennem scenarier, som ingen andre mennesker nogensinde har overskredet. Grotten gjorde mig til Seer, en mulighed for at overskride tid og afstand for at løse klager. Med mine nye kræfter kunne jeg rejse tilbage i tiden og ankomme hertil. Jeg vil genforene "modstandsbevægelsen", hjælpe en, jeg ikke kender og vælter tyranniet af denne onde heks. Til sidst skal jeg vide alt og vide, hvad du kan afsløre. Du er et godt menneske, og ligesom de andre her fortjener du at være fri, som Gud skabte os.

Carmen satte sig i en stol og blev følelsesladet. Rigelige tårer glider ned under hendes ansigt, der var moden af lidelser. Jeg holdt hendes hænder og øjnene mødtes på et øjeblik. Et øjeblik følte jeg, at jeg var i nærvær af min egen mor. Hun rejste sig og bad mig om at følge hende. Vi stoppede foran en dør.

"De vil finde de svar, som De har brug for her i denne depositar. Det er, hvad jeg kan gøre for dig, så vis dig vejen. Held og lykke!

Jeg takker hende og giver hende et velsignet korsfæst. Hun smiler. Jeg går ind i lagerrummet, lukker døren og støder på en masse trykte aviser. Hvor skulle det være?

Synet

Jeg sidder på den eneste stol, støtter mig selv på det lille bord og begynder at flippe gennem aviserne, jeg finder. Alle er fra 1909"1910. Jeg læser kun overskrifterne, men de har ikke meget at gøre med det, jeg leder efter. Nogle taler om Pesqueira og andre kommuner i regionen, men de spørgsmål, der er behandlet, vedrører spørgsmål om sundhed, uddannelse og politik. Hvad leder jeg efter? En tragedie, der kunne ryste dette lille sted og gøre det til et mørke område. Jeg vender mig hele tiden igennem aviserne, og det forekommer mig, at det bliver en

Rejs til fortiden

trættende og monotone opgave. Hvorfor sagde Carmen det ikke direkte? Var jeg ikke troværdig? Det ville være meget enklere. Jeg husker igen bjerget, udfordringerne og hulen. Ikke altid var den enkleste måde lettere, klarere eller mere håndgribelig. Jeg begynder at forstå det lidt. Hun var trods alt under magten af en ond, grusom og arrogant heks. Hun viste mig vejen, præcis som hun sagde, og jeg tror, at det er nok til at vinde, fuldføre mine mål og være lykkelig. Jeg vender hele tiden rundt i aviserne og henter en pose af dem fra 1910. Hvis jeg huskede det rigtigt, var det tragedier, da Fabio havde informeret mig i interviewet. Jeg begynder at læse overskrifterne og nyhederne. Jeg måtte tjekke alle muligheder.

Efter en times læsning og læsning af aviserne havde jeg ikke fundet noget, der kaldte min opmærksomhed. Nyheder i landdistrikterne, sport og andre afdelinger var alt, hvad jeg kunne finde. Jeg håbede, at jeg fandt nyhederne i denne avis fra 1910"pungen, jeg tog. Vent. Hvis denne tragedie virkelig skete, burde det bestemt være i en avis, der var blevet særligt adskilt, da det var så store nyheder. Jeg begynder at lede i skufferne ved siden af bordet. Jeg finder forskellige aviser med forskellige datoer. Det er fra den 10. januar 1910 og har følgende overskrift: Christine, det unge monster. Jeg tror, jeg har fundet det, jeg ledte efter. Når jeg rører ved avisen, rammer en kold vind mig, mit hjerte løb og som en tur gennem tiden, oplever jeg synet af denne historie.

Begyndelsen

Det 20. århundrede begyndte, og med det opstod de første pionerer af jorden vest for Pesqueira. Den første, der gik, var major Quintino og hans ven Osmar, der både havde oprindelse i staten Alagoas, og som havde et land, der var de indfødtes ejendom. De indfødte blev smidt ud, ydmyget og myrdet. De to besluttede ikke at flytte permanent til regionen, da den ikke havde nogen struktur, der var egnet til dem.

Der kom andre, der fik ryddet masser af borgmesterens kontor. Jorden blev doneret, og de første huse bygget. Så opstod der en forlig. Afviklingen tiltrak nogle forhandlere i regionen, der var interesseret i at udvide deres virksomheder. Et lager, en tankstation, en købmandsbutik, et apotek, et hotel og en landbrugsbutik blev åbnet. Der blev bygget en grundskole, der skulle tjene som det intellektuelle grundlag for den almindelige befolkning. Mimoso flyttede derefter til den kategori af landsbyer, der er omfattet af Pesqueira hovedkvarter.

Jernbanen

Fra 1909 ankom store vestlige tog til Mimoso med fremskridt og teknologi til fredelige steder. Britiske ingeniører Calander, Tolester og Thompson var ansvarlige for at lægge skinner og opføre stationsbygninger. Den europæiske indflydelse kan også ses i andre bygnings og i Mimoso byområder.

Med gennemførelsen af jernbanen blev Mimoso (navnet kommer fra Mimoso-græs, der er meget almindeligt i regionen) et centralt Mimosers element i kommerciel betydning og regional politisk relevans. Strategisk placeret ved baglands grænse med vildmarken, blev landsbyen konsolideret som et ankomststed og afgang af produkterne fra mange kommuner Pernambuco, Paraíba og Alagoas. Ud over jernbanen gik den jordvejsnedgang, der forbinder Recife til vildmarken, præcis i centrum og bidragede til, at stedet blev gjort.

Befolkningen i Mimoso blev hovedsagelig dannet af efterkommere af familier med Portugisisk oprindelse. Den mindst begunstigede del af befolkningen var efterkommere af indisk og afrikansk oprindelse. Mimoso befolkning kan være et venligt og velkomment menneske.

Flytningen

Med konsolideringen af jernbanernes gennemførelse og de deraf følgende fremskridt i Mimoso besluttede regionens stifindere (landmændene, major Quintino og Osmar) at tage ophold på stedet med alle deres respektive familier.

Det var den 10. februar 1909. Vejret var godt, vinden var nordøst og landsbyens aspekt så normal som muligt. Et tog dukker op i horisonten

Rejs til fortiden 21

af ingeniør Roberto, der bringer de nye lokale beboere fra Recife: major Quintino, hans kone, Helena, hans eneste datter Christine og deres stuepige Gerusa, en sort kvinde fra Bahia. Inde i toget, i passagerkabinen afslører en rastløs Christine sig selv.

" Mor, det ser ud til, vi er på vej. Hvordan vil Mimoso være? Vil jeg kunne lide det?

" Stille, mit barn. Vær ikke så nervøs. Snart finder du ud af det. Det vigtigste er, at vi er sammen som en familie. Inden længe, vil vi nøjes med at få venner.

Den største ser på de to og beslutter at slutte sig til samtalen.

" Du behøver ikke bekymre dig. Du mangler ikke noget. Jeg har bygget et smukt hus i et af de lande, jeg ejer. Det er ved siden af landsbyen. Husk: Du får fuld frihed til at relatere til folk på vores sociale niveau, men jeg vil ikke have, at du har kontakt med de urene eller de fattige.

" Det er fordomme, far! På klosteret, hvor jeg boede i tre år, lærte jeg at respektere alle mennesker uanset social klasse, etnicitet, race, tro eller religion. Vi er det, vi holder i vores hjerter.

"De nonner er frakoblet fra virkeligheden, fordi de lever fyldt. Jeg skulle ikke have ladet dig tage derhen, for du er kommet tilbage med et hoved fuld af vrøvl. Idéer af din mor, som jeg ikke længere lytter til.

" Jeg har altid drømt om, at hun blev nonne. Christine var til mig en stor gave fra Gud. Jeg lærte hende alle de præceptorer for den religion, jeg kendte. Da hun blev 15, sendte jeg hende til klosteret, fordi jeg var sikker på hendes kald. Men tre år senere gav hun op, og det gør stadig ondt. Det var en af de største skuffelser, hun nogensinde gav mig.

" Det var din drøm, mor, og ikke min. Der er uendelige måder at tjene Gud på. Det er ikke nødvendigt, at jeg er nonne til at forstå ham og forstå hans Will.

" Selvfølgelig ikke! " Jeg vil arrangere et godt ægteskab for hende. Jeg har allerede nogle idéer. Det er ikke det rette tidspunkt at afsløre.

Toget fløjter, der signalerer, at det stopper. Landsbyen dukker op, Christine ser alle landdistrikterne på stedet gennem et af vinduerne. Hendes hjerte strammer, og hun føler en lille skyklat i kroppen. Hendes tanker fylder med tvivl med det forvarsel. Hvad ventede på hende i Mimoso? Hold dig til os, læser.

Christine og Helen, med deres nederdele, klem ud af toget. Majoren kan ikke lide det. De fire udgange og forårsager en vis gnist af nysgerrighed fra de andre lokale beboere. De opfører sig med elegance. De største hilser Rivanio som en høflighed. Fra da af rejser de til deres hjem, som ligger nord for landsbyen.

Ankomsten ved bungalow

Christine, majoren, Helena og Gerusa ankommer til deres nye hjem. Det er en mursten og mortér, bungalow stil, omkring 1600 kvadratmeter af bygget område, der er omgivet af en have af frugttræer. Indenfor er der to levende områder, fire soveværelser, et køkken, et vaskeri og et badeværelse. Ude på den anden side er der stuepigers kvarter med et værelse og badeværelse. De fire går i tavshed, indtil majoren taler.

" Her er det, vores hus, jeg byggede for et par måneder siden. Jeg håber, du kan lide det. Det er rummeligt og behageligt.

" Det ser meget godt ud. Jeg tror, vi bliver lykkelige her. (Helena)

"Det håber jeg også, trods den forudanelse, jeg lige har haft. (Christine)

"Forudsætninger er noget vrøvl. Du bliver glad, min datter. Her er dejligt, fyldt med gode og gæstfri mennesker. (Større)

De fire går ind i huset. De pakker taskerne ud og hviler sig. Rejsen havde været lang og trættende. De startede en dag mere, de ville udforske stedet.

Møder med borgmesteren

Der opstår en ny dag, og Mimoso præsenterer sig for alle landdistrikter. Landmændene kommer ud af deres hjem og forbereder sig på en ny dags slid, det gør handelsembedsmænd også. Børn passerer forbi med deres mødre i retning af den nyligt grundlagte skole. Æsel cirkulerer normalt med deres last og folk. I mellemtiden, i den smukke

Rejs til fortiden 23

bungalow, forbereder majoren sig på at rejse. Han var på vej til et møde i Pesqueira med borgmesteren. Helena belaster forsigtigt sin jakke.

" Mødet er meget vigtigt for mig, kone. Vigtige herrer af jorden skal være der, som obersten af Carabais. Jeg må bekræfte mit sted over Mimoso.

"Du skal nok klare dig, da du er den eneste her med rang af major i Nationalgarden. Det var en god idé at købe den stilling.

" Selvfølgelig. Jeg er en mand med visioner og strategi. Siden jeg forlod Alagoas og kom her, har jeg kun haft sejre.

Husk at bede om en stilling til vores datter Christine. Hun har ikke gjort noget ved noget. Den uddannelse, hun fik i klosteret, er nok til at udføre alle opgaver.

" Du behøver ikke bekymre dig. Jeg vil vide, hvordan man overtaler ham. Vores datter er intelligent og fortjener et godt job. Jeg må gå. Jeg vil ikke komme for sent til mødet.

Med et kys siger majoren farvel til sin kone, Helena. Han går hen mod døren, åbner den og går. Hans tanker koncentrerer sig om de argumenter, han vil bruge under høringen. Han tænker på den magt, ære og sociale vidnesbyrd, som hans rang af major vil give ham. Han drømmer stort. Han drømmer om at blive guvernørens ven og ved at gøre det, få flere tjenester. Det eneste, der betød ham, var magt, og hans datters fremtid, selvfølgelig. Andre blev blot brikker i hans spil. Han tager farten op om fem minutter, tager toget til Pesqueira af sted. Et øjeblik retter han sin opmærksomhed mod de fattige, han ser på vejen. Han fortryder det og vender ansigtet mod den anden side. En major kan ikke blande sig med alle, tror han. Den mest ydmyge og udelukkede, for ham, tæller kun på valgtiden. Når det øjeblik går over, mister de deres værdi, og derefter lægger majoren ikke mere vægt på deres krav eller behov. De fattige, under kontrol af obersterne, er uuddannede og fratrådte. Majoren går hele tiden og nærmer sig togstationen. Når han ankommer, køber han en billet og brædder hurtigt.

På toget leder han efter den bedste plads og begynder at huske sin barndom. Han var en fattig dreng fra en forstad til Maceió, der arbejdede som sliksælger. Han husker ydmygelser og straffe fra sin far og hans far og hans ældre brødre. Det var tider, han ville glemme, men hans hukommelse nægtede at holde op med at minde ham om det. Hans stærkeste minde er om kampen med sin stedmor og kniven, han brugte for at dræbe hende. Blodjagende, skrig, skrig, skrig og ham flygtede hjemmefra efter handlingen. Han bliver tigger og introduceres kort efter narkotika, alkoholisme og kriminalitet. Han synker ind i den verden i fem år indtil en dag dukker en from kvinde op og adopterer ham. Han vokser, bliver en mand og møder Helena, som han gifter sig med. Nogle gange har de deres første og eneste datter, Christine. De flytter til Recife. Han køber rangen af hovedkvarteret af Nationalgarden og rejser dybt ind i det indre marked for at lede efter land. Han erobrer alt fra vestsiden hele vejen til Pesqueira. Han overtager landet og bliver en meget magtfuld mand, der er kendt og respekteret. Han følte sig selv som en stor mand på alle måder. Livet havde lært ham at være en stærk, beregning og erobrende mand. Han ville bruge alle disse våben til at nå sine mål. Han ser stadig på toget, en kvinde med et barn på skødet. Han husker Christine og hendes uskyld og sødhed, da hun var lille. Han husker også fødselsdagsgaven, han giver Christine, en kludedukke. Han giver hende nutiden, hun omfavner ham og kalder ham kære fader. Han bliver følelsesladet, men kan ikke græde, for mænd kan ikke gøre det offentligt. Hans lille Christine var nu en smuk og attraktiv ung dame. Han skal arrangere et godt ægteskab og nogle pligter for hende. Han falder i søvn i en restauratør lur. Toget svæver, han vågner og sætter spørgsmålstegn ved hans lommeur for at se, hvad klokken er. Han bemærker, at det er tæt på mødet. Toget accelererer; Pesqueira kommer ind i syne, og hans hjerte beroliger. Hans sind er nu koncentreret om mødet, og han tænker på mødet med sine landmænd. Toget signalerer, at det stopper, og majoren vil fremskynde sin vej ud. Livet krævede ofre, og det vidste han mere end nogen anden. Tiden i hans barndom og hans livserfaringer kvalificerede ham endnu mere. Toget stopper endelig, og han skynder sig ned mod byens politiske hovedkvarter.

Klokken er otte, og den gigantiske bygning er allerede fyldt. Majoren går ind, hilser de mennesker, han kender og sidder på en af forsæderne, der er reserveret til ham. Mødet er endnu ikke begyndt. Der høres en larm i hele hovedkvarteret. Nogle klager over forsinkelsen, andre over deres slægtninge, der ikke kunne komme ind på borgmesterens kontor. Bygningslederen forsøger forgæves at kontrollere situationen. Endelig kommer borgmesterens sekretær, beder om stilhed og adlyde. Han bekendtgør:

" Hans Excellence, borgmester Horacio Barbosa, vil tale til Dem nu.

Borgmesteren går ind, retter sit tøj og forbereder sig på at holde en tale.

" Godmorgen, kære landsmænd. Det er med stor tilfredshed, at jeg byder Dem velkommen til dette sæde, som repræsenterer vores kommunes magt og styrke. Det er med stor glæde, at jeg har bedt Dem om at tale lidt om vores kommune og bemyndige de politiske repræsentanter for Mimoso og Carabais. Vores kommune er vokset meget i handelssektoren og i landbruget. Ved grænsen til vildmarken med baglandet har vi Mimoso som hovedhandelspost. Vi har Deres politiske repræsentant, major Quintino, til stede her. I baglandet har vi Carabais, og med sit velkendte landbrug har det lykkedes det at give mange udbytte til byen. Obersten af Carabais, mr. Soares, er her også. Vores kommunes turisme udvikler sig også efter etableringen af jernbanen. Som du kan se, vokser vores kommune. Hr. formand! Endelig vil jeg gerne præsentere mr. Soares og mr. Quintino. Lad os bifalde dem.

Samlingen står og bifalder dem begge.

"Med min autoritet som borgmester erklærer jeg jer nu kommandører for jeres respektive lokaliteter. Din opgave er at regere, med jernnæve, offentlighedens interesser, overvåge skatteopkrævningen og opretholde lov og retfærdighed, der er i overensstemmelse med vores interesser. Jeg lover at hjælpe dig på alle måder.

De får tilsendt Bånd og klap. Quintino signaler til borgmesteren og trækker sig begge ud af podiet. De ville have en privat samtale. De to går ind i et lukket rum.

" Jeg har to spørgsmål, jeg skal drøfte. Først vil jeg have en højere procentdel af skatteopkrævninger. For det andet, et job til min datter,

Christine. Som De ved, blev Mimoso en handelspost af stor betydning efter jernbanen, og dermed steg præfekturets fortjeneste forholdsmæssigt. Jeg vil så blive stærkere og stærkere og hvem ved, endda være din efterfølger. Desuden vil jeg have et godt job og en god løn til min datter, Christine. Hun har været ret... statisk på det seneste.

"Med hensyn til overskud bliver Deres spørgsmål umuligt. Byen har mange udgifter, og min administration er gennemsigtig og alvorlig. Personligt kan jeg ikke gøre noget. Hvad angår jobbet, hvem ved, kan jeg give hende undervisningsstillingen.

" Hvordan det? Er Deres administration gennemsigtig og seriøs? Korruptionen her er berygtet! Husk godt, at jeg støttede jeres guvernør og gav ham en betydelig procentdel af afstemningen. Hvis du ikke giver mig det, jeg beder om, er støtten slukket.

Borgmesteren var stille og tænkte og tænkte på sit kontor. Han så Quintino og kommenterede det.

" Du er virkelig forfærdelig. Jeg vil ikke være en af dine fjender. Udmærket. Jeg vil forhøje din procentdel og give din datter din datter din datter din stilling. Hvordan det?

Et lille smil fyldte major Quintino ansigt. Hans argumenter havde været nok til at overbevise borgmesteren. Han var en vinder og en kriger.

" Udmærket. Jeg accepterer. Tak for forståelsen, Deres Excellence.

Quintino sagde farvel og trak sig tilbage fra værelset. Mødet blev hævet, og alle trak sig tilbage fra gangen.

Møde med landmænd

Efter høringens afslutning samles de vigtigste "herrer" i Pesqueira i en bar tæt på, hvor de havde været. Blandt dem er obersten af Sanharó (hr. Gonçalves), obersten af Carabais (hr. Soares) og major Quintino, i Mimoso. De taler muntert om magt, styrke og prestige.

"Gennemførelsen af jernbanen var statens trumfkort. Det fremmede produktionen og markedsføringen af vores rigdom. Pesqueira fremhæver allerede på statsniveau. Dens distrikter er blevet refereret

Rejs til fortiden

i mange forskellige genre. Mimoso blev f.eks. et meget vigtigt handelsstrategisk punkt. Jeg kan allerede se alle de fordele, som jeg vil kunne udnytte i denne situation. Velfærd, social udstødelse, politisk magt og ubegrænset kommando. Mine fjender vil ikke have åndedræt, for jeg vil håndtere dem med jern og ild. Mit hold er allerede forberedt på oprørerne. (Major Quintino)

"Hvad angår Carabais, påvirkede jernbanen ikke vores finanser, blot fordi den ikke skærer gennem vores distrikt. Regeringsteknikerne fandt det passende at aflede den lige før landsbyens indgang. Jorden var ikke egnet til udsætning af skinner. Vores distrikt er dog et vigtigt landbrugs-knudepunkt. Vores produkter eksporteres til nabolande. Som oberst dominerer jeg regionen, og jeg respekteres. De, der er mine fjender, overlever ikke ret længe.

"Oprettelsen af jernbanen i Sanharó var vigtig, men ikke den eneste indtægtskilde. Landbruget er stærkt, og vi udmærker på statsplan. Vores mælk og vores kød er første klasse og giver os gode udbytter. Hvad angår mine fjender, behandler jeg dem på samme måde som dig. Vi må bevare oberst Systems magt.

" Det er sandt. Dette system bør opretholdes for vores eget bedste. Stemmerne, bedrageri, netværket af tjenester, alt det her gavner os. Vores kraft og styrke kommer fra tortur, pres og intimidering. Brasilien er en stor magtstruktur, hvor kun de stærkeste overlever. Fra sydøst, hvor de rige kaffebønner dominerer, til de nordøstlige dele, som obersteren styrer, er systemet det samme. Kun navne og situationer ændrer sig. Vi må holde befolkningen stille og træde tilbage, da dette er det bedste for vores ambitioner og mål. (Større)

"Jeg er helt enig, og for at holde befolkningen stille og behagelig, er det nødvendigt at opretholde vores grusomhed, undertrykkelse og totalitarisme. Folket burde frygte os. Ellers mister vi respekt og fordele. Verden er uretfærdig, og vi bør være en del af den lille del af befolkningen, der er vinderne. For at vinde er det nødvendigt at dræbe, ydmyge og nedlægge præceptiv og værdier, og det er det, vi vil gøre. (oberst af Carabais)

Samtalen fortsætter med at glæde sig over kvinder, hobbyer og andre sager. De taler i nærheden af to timer. Major Quintino rejser sig, siger farvel til de andre og går. Toget, der kører til Pesqueira ved Mimoso, var snart på vej ud.

Hjemme

De store skynder sig tilbage til Pesqueira jernbanestation. Toget venter på, at det præcise øjeblik skal køre. Han går hen til billetkontoret, køber billetten, efterlader et tip og hoveder mod toget. Han bestyrer, klager over den samlede, der har forsinket ham og sidder ned. Toget signalerer, at det kører, og hovedvægten fokuserer på hans planer. Han ser sig selv som borgmester i Pesqueira, højre hånd for guvernøren og bedstefar til mindst fem børnebørn. Christines børn med en svigersøn, som han ville vælge. Man opnår trods alt kun, hvis man kan gifte sig med sine børn. Toget kører og tager med den drømmende major.

Toget er ret almindeligt. Passagererne sidder roligt og behageligt. En ansat tilbyder safter og snacks til passagererne. Majoren tager en snack, tygger og forestiller sig, hvor god smagen af sejr og succes er. Han var gået til et møde og var kommet tilbage med sine planer. Han ville have ret til en højere procentdel af skatterne og et godt job for sin datter. Hvad mere kunne han ønske sig? Han var en klar mand, lykkelig i sit ægteskab og havde en smuk datter. Han var hovedmand af Nationalgarden, som han havde købt, og det gav ham ret til politisk dominerende Mimoso. Det eneste, der ville gøre ham lykkeligere, ville være, hvis han var oberst, guvernørens højre hånd og giftede sig med sin datter med en ideel svigersøn. Det ville bestemt ske. Tiden går, og toget kommer tættere på den lille by Mimoso, hans valgkort. Han var ivrig efter at fortælle de to kvinder i sit liv. Hans hjerte stiger, og en kold vind rammer hans krop, så pludselig ændrer toget sin hastighed. Det er sikkert ingenting, han tænker for sig selv. Rytmen i toget går tilbage til normal og falder til ro. Mimoso nærmer sig tættere og tættere på. Han mener, at verden kan være mere retfærdig, og at alt burde være vindere, som han var. Han forsøger at afvige fra denne tanke. Han lærte, hvordan livet var, og vidste, det ikke ville ændre sig fra et minut til det næste. Han bar stadig mærkerne af sine lidelser: Hans fars straf, kampen med sine ældre brødre, mordet han havde begået. Hans hjerne holdt minderne intakte fra den tid. Hvis han kunne, ville han smide minderne i skraldet langt væk. Toget fløjter, der signalerer, at det stopper. Passagererne ordner deres hår og tøj. Toget passerer, og alle stiger af, inklusive majoren. Ankomsten er afslappet, og han smiler. Han kom tilbage fra Pesqueira sejrrig.

Annonceringen

Når de store hoveder til stationen siger hej til Rivanio og spørger, om alt er i orden. Han svarer ja, og de store bud afskediges og rejser til hans hus. Han møder nogle mennesker, og de taler om uddannelse. Han skynder sig, og om et par minutter er tæt på sin bopæl. Når han ankommer, går han ind uden ceremoni, og finder Gerusa rengøringshus og sender hende til de to kvinder i hans liv. De ankommer og krammer og kysser ham. Majoren beder om, at de sidder og adlyder hurtigt.

Jeg kom lige fra det møde, jeg havde i Pesqueira, og nyhederne kunne ikke være bedre. Først vil jeg få en højere procentdel af de skatter, jeg opkræver. For det andet fik jeg jobbet som skatteopkræver for min elskede datter Christine. Hvad synes du?

" Sensationelt. Jeg er stolt af at være kone til en mand med sand karakter som dig. Vi bliver kun rigere og stærkere, når tiden skrider frem.

" Jeg er glad på dine vegne, far. Synes du ikke, at jobbet som skatteopkræver er lidt maskulin for mig?

" Er du ikke glad, datter? Det er et godt job og med passende løn. Jeg tror ikke, det er en mands job. Det er en position med høj tillid, som kun du kan optræde.

" Det er et godt job. Som hendes mor, bifalder jeg uforbeholdent.

" Okay. Du har overbevist mig. Hvornår begynder jeg?

" I morgen. Din opgave er at overvåge og håndhæve den officielle skatteopkræver, Claudio, søn af Paulo Pereira, ejer af tankstationen.

Han er ansvarlig og ærlig, men det er som historien siger, at muligheden gør manden.

" Jeg tror, det vil være godt for mig. Det er en stor mulighed for at møde folk og få venner.

De store pensionister og går i bad. Christine går tilbage til strikkepinden, som hun gjorde før hendes far ankom, og Helena giver ordrer til køkkenpigen. Næste dag ville være hendes første dag på jobbet.

Den første arbejdsdag

En ny dag begynder. Solen skinner, fuglene synger, og morgenbrisen konvolutter bungalower. Christine var lige vågnet efter en dyb og genoplivende søvn. Den drøm, hun havde natten før, havde efterladt hende dybt spændt. Hun drømte om klosteret og nonnerne, som hun lærer at beundre i de tre år af hendes liv, der var hengiven til religion. De deltog i hendes bryllup. Hvad mente det? Det var ikke i hendes planer om at gifte sig på det tidspunkt. Hun var ung, fri og fuld af planer. Hendes selvbeskyttelse råbte i hende. Nej, hun var ikke klar til ægteskab. Hun strækker sig stille i sin seng og ser på tiden. Den var tæt på kl. 18.30. Hun rejser sig, gaber og går på toilettet i suiten. Hun går ind, tænder hanen, og det kolde vand bærer hende til sine klostre tider. Hun husker gartneren, der arbejdede der og hans søn, der havde fanget hende. De begyndte romantiske spil og gik sammen, og hun havde ikke opdaget, at hun var forelsket. Hendes kontakt fortsatte med gartnerens søn, men en dag fangede en af nonnerne dem kysser. Moderens overordnede blev konsulteret, Christines tasker var pakket og hun blev bortvist fra klosteret. På denne dag følte hun en stor lettelse. Fritagelse for ikke længere at lyve for sig selv eller for livet selv. Kontakten med gartnerens søn blev opløst, hun glemte ham og rejser hjem. Hendes mor og far hilste hende hjemme med overraskelse. Hun skuffede sin mor og gav sit nye håb til sin far, som ønskede at se hende gift med børn. Tiden gik, og hun var ikke blevet forelsket siden. Hun lærte at strikke og broder for at give tiden videre. Nu var hun ansat som skatteopkræver af sin fars indflydelse. Hun følte nervøs og nervøs over den nye situation. Hun slukker for det kolde vand, sæber og begynder at forestille sig sin nye kollega, Claudio. Hun forestiller sig en høj, blond dreng, fuld af tatoveringer. Hun kan lide det, hun ser og fortsætter med at bade. Hun renser kroppen, som om hun fjernede urenheder fra sin sjæl. Hun slukker for hanen og sætter to håndklæder på, en større en på kroppen og en mindre en på hovedet. Hun går ud af suiten og går ud i køkkenet for at spise morgenmad. Hun sidder og serverer kage og hilser sin far og mor. Majoren begynder at tale.

" Er du spændt, min datter? Jeg håber, du klarer dig godt på din første arbejdsdag. Du vil lære meget af Claudio. Han er en stor skatteopkræver.

" Ja, det er jeg. Jeg glæder mig til at komme på arbejde, for strikkede og broderier er ikke så sjove som de plejede at være. Det her arbejde vil tjene mig godt, selvom jeg synes, det er lidt maskulint.

" Igen, med den her? Kan du ikke se, at du sårede din far med de insinuationer? Han gør alt for dig.

" Undskyld mig, begge to. Jeg er lidt stædig med nogle ideer.

Christine spiser morgenmad, siger farvel med et kys på panden af hendes forældre og går ind til døren. Hun åbner den og går mod tankstationen. Vil Claudio opføre sig som hulemand? Vil han respektere hende på arbejdet? Hun vidste intet om ham, bortset fra at han var Pereira søn og havde to søstre: Fabiana og Patricia. Hun går hele tiden, og så snart hun nærmer sig tankstationen, føler hun sig endnu mere nervøs og nervøs. Hun stopper og trækker vejret lidt. Hun søger inspiration i universet, i naturen og i hendes besværlige hjerte. Hun husker, hvad hun lærte i klostret, nonnerne og deres særdeles måde at se livet på. Det var en treårig periode med åndelig samling, der syntes ikke at have nogen mening nu. Hun var på stedet for at møde nye mennesker, starte et nyt fartøj og hvem ved, om det ikke ville ændre hendes måde at se folk og liv på. Det ville hun finde ud af, da tiden gik. Hun fortsætter med at gå. En ny kraft genopfrisker hende og fylder hende og giver hende et ekstra skub. Hun måtte være modig, da hun stod over for sin moder overordnede og tilstod sandheden: At hun var fuldstændig forelsket. De pakkede hendes tasker, hun blev smidt ud, og på det tidspunkt følte det, som om de havde taget en kæmpe vægt fra hendes ryg. Hun flyttede fra hovedstaden og var nu bosat i verdens ende uden venner og uden trøst. Hun må vænne sig til det. Et par minutter går, og hun nærmer sig tankstationen. Hun er kun et par meter væk fra det. Hun ordner hår og tøj for at gøre et godt indtryk. Hun trækker vejret en sidste gang, går ind og præsenterer sig selv.

" Christine Matias, datter af major Quintino. Jeg leder efter Claudio, skatteopkræveren. Er han hjemme?

Min søn skulle have en bid at spise på en restaurant her i nærheden. Jeg sender bud efter ham. Det er mine døtre Fabiana og Patricia, og jeg er mr. Pereira.

Christine hilste dem med kys på kinden.

" Så du er den berømte Christine. Jeg kan ikke tro, at jeg ikke har set dig endnu. Du bliver meget indenfor, og det er ikke godt. Fra nu af kan vi være venner og hænge ud sammen. (Fabiana)

" Det er en fornøjelse at møde dig. Du, Fabiana og jeg bliver gode venner, det kan du regne med.

" Tak. Jeg er også glad for at møde dig. Jeg går ikke ud så meget, fordi mine forældre styrer. De tror, en majors datter skal være lidt reserveret. De er overbeskyttende.

" Det vil ændre sig. Betragt dig selv som en del af vores bande. Vi er de skøreste børn i kvarteret. (Fabiana)

" Vores bande er fantastisk. Du vil elske at være en del af det. (Patricia)

"Tak for invitationen. Jeg tror ikke, at et par forhold og venner vil skade mig.

Samtalen fortsatte på en livlig måde i nogen tid. Claudio nærmer sig og ser Christine i øjnene. Deres øjne låser og nu som magi, virker det som om kun de to eksisterer i hele universet. Begge hjerter skynder sig ved mødet, og en intern varme rejser gennem begge kroppe.

" Min far ringede til mig. Mener du, at du er pigen, der vil overvåge mig? Jeg vil ikke føle mig så ubehagelig.

Komplimenten gav Christine lidt chokeret. Hun fandt aldrig mænd så direkte.

"Mit navn er Christine, jeg er majorens datter. Jeg er din nye partner på arbejdet. Kan vi begynde? Jeg glæder mig til det.

" Ja, selvfølgelig. Jeg hedder Claudio. Vi er lige i tide til at begynde på arbejdet. Det første kommercielle sted, vi skal besøge i dag, er slagterbutikken. Det er tre måneder siden, ejeren ikke har betalt skat, og vi må presse ham for det. Jeg tror, at din tilstedeværelse vil hjælpe.

" Så lad os gå. Det var en fornøjelse at møde dig, Fabiana og Patricia. Vi ses senere.

De to bølger deres hænder i afsked. Claudio og Christine går sammen mod slagterbutikken. Christines tanker stiger intimt, og hun føler sig som et fjols for at have idoliseret Claudio så meget. Han var ikke som hun havde forestillet sig, men han havde rørt noget inde i hende. Følelsen af, at hun skulle lære ham at kende, var som intet, hun havde oplevet. Hvad var det? Hun kunne ikke definere det, men det var noget stærkt og varigt. At gå side om side og Claudio prøver at starte en samtale.

" Christine, fortæl mig lidt om dig selv. Du er fra Recife, ikke?

" Nej. Jeg boede i Recife i ti år. Faktisk er jeg fra Alagoas. Min barndom blev stort set brugt der.

" Har du haft en kæreste?

" Jeg havde en, men det var for længe siden. Jeg skulle være nonne. Jeg har brugt tre år af mit liv i et kloster, der forsøgte at finde en mening for mit liv. Da jeg indså, at jeg ikke havde nogen besked, og jeg tog hjem til mine forældres hus.

"Det ville være spild, hvis du var nonne med al respekt. Intet imod religion men at give Guds selvstændighed kræver for meget fra en person.

" Det er fortiden. Jeg må fokusere på mit nye liv og mine pligter.

Talen stopper pludselig, og de to fortsætter med at gå. Folks kommende og videre er konstant i centrum. Mimoso var blevet et regionalt handelscenter efter implantationen af jernbanen. Folk kom fra hele regionen for at besøge og handle i butikkerne. Slagteren er i nærheden, og Christine kan knap nok holde sig selv. Hun vidste ikke, hvordan hun skulle opføre sig. Hun var trods alt majorens datter og måtte være et eksempel. Skatteopkræverens job ville afsløre hende meget. Endelig ankommer de, og Claudio henvender sig til mr. Helio, ejeren af butikken.

" Hr. Helio, vi er kommet for at opkræve de tre måneders skatter, du skylder. Byen har brug for dit bidrag til at investere i uddannelse, sundhed og sanitet. Gør din pligt som borger.

" Har jeg ikke sagt, jeg er flad? Forretningen her har ikke været god. Jeg skal bruge en forlængelse til at betale dig.

"Jeg vil ikke acceptere flere undskyldninger, og hvis du ikke betaler, har du problemer. Kan du se hende her? Hun er majorens datter. Han er ikke tilfreds med dine misligholdelser. Det bedste at gøre, sir, ville være at betale din gæld.

Helio tænkte et øjeblik på, hvad vi skulle gøre. Han ser på Christine og overbeviser sig selv om, at hun er majorens datter. Han åbner en skuffe, tager en masse penge og betaler. Begge tak og træk jer tilbage fra kontoret.

Morgenen er brugt på at arbejde. De to besøgende hjem og virksomheder. Nogle skatteydere nægter at betale krav om manglende kapital. Christine beundrer Claudio for sin professionalisme og tillid. Morgenpassene er forbi. De to siger farvel, og at de igen vil arbejde sammen igen om 15 dage.

Picnic

Solen går op i horisonten og varmer endnu mere op, når den er over middag. Bevægelsen falder, landmændene kommer ind fra gården, vaskekvinderne ankommer med deres last, som de vaskede i Mimoso-floden, embedsmændene frigives, blonde maskiner får pause på arbejdet, og alle kan spise frokost. Christine er ikke anderledes end de andre og kommer også hjem nu. Hun ankommer, åbner døren og går ind i hovedkøkkenet. Hendes forældre er allerede til stede, og Gerusa serverer frokost.

Rejs til fortiden

"Undskyld, at vi ikke ventede på, at du serverede frokost, min datter, men jeg kom træt og sulten, fordi jeg var til forretningsmøde. Hvordan var din første arbejdsdag? (Større)

" Du behøver ikke undskylde. Min første arbejdsdag var lang og trættende. Claudio og jeg kæmpede for at overbevise skatteyderne om at betale. Nogle er imidlertid blevet faste i deres positioner. Det var en god dags arbejde, fordi jeg lærte meget. Jeg er bare ikke sikker på, jeg vil gøre det resten af mit liv.

"Fortæl Claudio, at jeg vil have detaljerne om dem, der ikke betalte. Jeg er den største, og jeg vil ikke tolerere flere forsinkelser.

" Har du mødt nogen, datter? Får du venner? (Helena)

" Ja, nogle få. Claudios søstre er ret søde.

Gerusa serverer Christine, og hun begynder at spise. Hun var stille i denne tid, fordi hun blev opdraget sådan. Gerusa gik på pension fra køkkenet og tog hen til hendes kvarter uden for huset. Husstandens tre hoveder blev ved med at spise deres måltider. Christine spiser sin frokost, rejser sig op og siger farvel til hendes forældre med kys på kinden. Hun går hen til balkonen i huset, hvor det er velventileret og sejt, så hun kan strikke. Hun samler trådene op og begynder at strikke. Hendes smidige hænder fører hende til mystiske verdener, hvor kun fantasien kan nå. Hun ser sig selv date en mand med stærke muskelskuldre og en fast holdning. Hun forestiller sig hendes forlovelse og efterfølgende ægteskab. I det øjeblik straffer en indre smerte hende og foruroliger hende. Øjeblikket går, og hun ser sig selv som mor til tre smukke børn. I hendes fantasi går tiden hurtigt, og hun ser sig selv som bedstemor og oldemor. Døden kommer, og hun ser sig i paradis omgivet af engle og af Herren, Jesus Kristus. Hendes smidige hænder arbejder, og hun erkender i kluden, at hun strikker en bekendt mands ansigt. Hun ryster hovedet, og illusionen passerer. Hvad skete der med hende? Var hun skør eller måske forelsket? Hun ville ikke tro på den mulighed. Hun arbejder, indtil hun hører sit navn udtalt med utrolig intensitet. Hun går tilbage til indgangen til haven i hendes hus, fra hvor hun havde hørt stemmen. Hun genkender Fabiana, Patricia og Claudio ledsaget af andre unge.

"Må vi komme ind, Christine?

" Jo, du må. Lad som om I er hjemme.

Der var præcis seks unge mennesker, der kom ind i husets have. De gik op ad stedstigerne, der gav adgang til balkonen og mødtes med Christine. Fabiana tog sig af at præsentere de ukendte venner.

"Det er min fætter Rafael, og det er mine venner Talita og Marcela. Christine hilste dem med kys på kinden.

" Rart at møde dig. Hvis du er Fabiana venner, er du også mine venner.

" Fornøjelsen er min. Claudio talte pænt om dig. (Rafael)

Christine, vi kom for at invitere dig på en god gåtur til toppen af Ororubá bjerget. Vi skal ud og have en skovtur udendørs. Kontakt med naturen er afgørende for, at mennesker udvikler sig og frigiver sig fra deres karma. (Claudio)

" Vil du med, Christine? Du er meget indeni, og det er ikke godt. (Fabiana)

" Vi insisterer. (De gentager)

" Okay. Jeg går. Du har overbevist mig. Vent lige et øjeblik, jeg fortæller mine forældre det.

Christine kommer ind i huset et øjeblik, men er snart tilbage. Hun mødes med gruppen, og sammen går de med til at rejse til Ororubá, det hellige bjerg. De syv begynder at gå. Christine ser Claudio og konkluderer, at han er den typiske landmand: Stærk, selvsikker og fuld af charme. Den første dag de arbejdede sammen gjorde et godt indtryk, men hun vidste stadig ikke, hvordan hun havde det med ham. Hun vidste bare, det var en stærk og varig følelse. Tja, skovturen var en chance for at lære ham bedre at kende, tror hun. De syv hastigheder op og snart er ved foden af bjerget. Claudio, lederen af gruppen, stopper og beder alle om at gøre det samme.

"Det er vigtigt, at vi hydrerer os nu, så vi ikke får problemer senere. Gå en lang og udtømmende tur. (Claudio)

"Jeg har hørt, at bjerget er helligt og har magiske egenskaber. (Talita)

" Det er sandt. Legende siger, at en mystisk shaman gav sit eget liv for at redde sit folk. Fra da af blev bjerget af Ororubá helligt. De siger også, at en ånd forfader kaldte bjergvagtens vogter alle dens hemmeligheder. (Fabiana)

" Det er ikke alt. På toppen er en majestætisk hule, der siger, at man kan opfylde alle ønsker. Drømmere fra hele verden søger det for at opnå sine mirakler. Men så vidt vi ved, har ingen overlevet det. (Patricia)

" De historier gør mig nervøs. Ville det ikke være bedre, hvis vi tog tilbage? (Christine)

" Bare rolig, Christine. " Det er bare historier. Selv hvis det var sandt, ville jeg være her for at beskytte dig. (Claudio)

" Claudio er ikke den eneste. Jeg er også en mand, og jeg er villig til at hjælpe dig, hvis du har brug for det. (Rafael)

" Hvad med mig? Ingen beskytter mig? Jeg er også en ungmø i nød. Jeg er såret. (Marcela)

Rafael nærmer sig Marcela og giver hende et knus som et tegn på, at hun intet har at frygte. Drik vand og begynd at gå. Christine går lidt længere og sætter sig ved siden af Claudio, foran. Hun følte sig usikker efter at have hørt informationen om bjerget. Hun tænker på bjerget, vogteren og grotten. Hun ser sig selv komme ind i grotten og indse sit største ønske i det øjeblik. Hun var også en drømmer som så mange, der havde mistet livet i grotten for at finde deres drømme. Det var nødvendigt at holde fødderne på jorden, i barsk virkelighed, hun var majorens datter, og dette begrænsede hendes handlefrihed ret meget i forhold til venner, kærlighed og begær. Sammenlignet følte hun sig mere frivillig i klostret end nu. Claudio giver Christine en hånd til at hjælpe hende på vejen op, fordi han kan se, at hun kæmper. Christines sind rapporterer og hun tror, det ville være godt at have en ven, der støtter og er loyal og ærlig over for hende, en ven som Claudio. Hun ryster hovedet og prøver at afvige fra tanken. Det var umuligt, fordi hendes far ikke ville tillade denne slags fagforening. Han var en simpel skatteopkræver, og hun var datter af en major. De boede i helt forskellige verdener. Gruppen stopper endnu en gang for at genopfriske sig selv. Varmen er stærk, og der er lidt vind. De var halvvejs der.

"Herfra er det muligt at se en god del af Mimoso. Kan du se, Christine? Der er dit hus. (Claudio)

"Udsigten herfra er virkelig privilegeret. Jeg synes, toppen er endnu mere bedårende. Sierra af Mimoso ser ikke engang stor ud fra denne udsigt. (Christine)

" Jeg tror, det er bedst, vi fortsætter. Det giver ingen mening at blive her i lang tid. (Fabiana)

"Jeg er også enig. På denne måde kan vi tage længere på toppen, som er den vigtigste del af bjerget. (Rafael)

De fleste er enige om at fortsætte gåturen. Klokken var jo over 1:00 følte Christine sig lidt træt. At kravle et bjerg er ekstremt udmattende for alle, der ikke er vant til det. Hun husker de konstante udfordringer, hun blev stillet til rådighed i klostret, men intet af det lignede at opstå et bjerg, som alle havde sagt, var helligt. Hun samler styrke i sjælens dybde og prøver meget hårdt, så ingen bemærker hendes vanskeligheder. Claudio smiler til hende, og det fylder hende med styrke, fordi hun ville overgå enhver hindring. Kærlighed, denne mærkelige kraft, har knyttet de to, selv uden fysisk kontakt. Hvis hun havde chancen, ville hun møde værgen og komme ind i grotten for at indse hendes drøm om at slutte sig til ham, hele tiden de måtte være sammen i livet. Selv om det kostede hendes liv. Hvad betyder livet, hvis vi ikke er sammen med dem, vi virkelig elsker? Et tomt liv ligner slet ikke noget liv. Gruppen går videre og nærmer sig toppen. Claudio forsøger at skjule det, men han er fuldt ud tiltrukket af Christines skønhed og nåde. Fra det øjeblik, de mødte noget forandrede sig i hans væsen. Han kunne ikke spise rigtigt eller gøre noget uden at tænke på hende. Han tænker på, hvor befordrende hendes families bevægelse fra Pesqueira til den blomstrende landsby Mimoso var. Han tænker på, hvor gavmild skæbne var at genforene de to praktisk talt i samme job. Picnic ville være en stor mulighed for at gøre det. Han havde håb om at blive accepteret på trods af forskellene mellem dem. Vanskelighederne, især hendes fordomme forældre, var hindringer, der kunne overvindes. Til sidst når gruppen

Rejs til fortiden 39

toppen og fejrer det. Nu var det eneste, der var tilbage at finde et godt sted at skovle. Gruppens medlemmer opdeler sig i tre mindre grupper for at finde det mest hensigtsmæssige sted. Et par minutter går, og en af grupperne giver et signal, fløjte. Stedet blev valgt. Hele gruppen samles igen, og skovturen er oprettet. Hvert medlem af gruppen bidrog med noget til festen.

" Kan du mærke det, Christine? Fuglene, vindens lyshvisken, atmosfæren i landdistrikterne, insekternes summen, alt dette fører os til steder og fly, som aldrig før har været besøgt. Hver gang jeg kommer her, føler jeg mig som en vigtig del af naturen og ikke som jeg ejer det, som nogle tror. (Claudio)

" Det er meget smukt. Her, i naturen føler jeg mig som et almindeligt menneske og ikke en majors datter, og du kan ikke forestille dig, hvor godt det føles. (Christine)

" Nyd det, Christine. Det er ikke hver dag, man kan gøre det. Fordømmelse, frygt, skam, alt dette forstyrrer vores daglige dag. Her kan vi glemme det, i det mindste et øjeblik. (Fabiana)

"I denne vilde grønne derovre kan vi føle, se og fuldt ud forstå universet. Dette mirakel sker, fordi bjerget er helligt og har magiske egenskaber. (Talita)

"Jeg vil også gerne udtale mig. Vi er syv unge mennesker, der søger hvad? Jeg svarer mig selv. Vi søger eventyr, nye oplevelser, venskaber og endda kærlighed. Det er imidlertid kun muligt, hvis vi har fred med os selv, med andre og med universet. Det er denne længerevarende fred, vi har fundet her. (Rafael)

"Her er alt en læreerfaring. Naturrytmen, jeres selskab og denne friske luft er lærer, som vi bør tage med os for vores børn og børnebørn. (Marcela)

" Det er en stor nadver for mig. En åndens åndelige ånder, der får os til at gå over mange stadier af vores liv. (Patricia)

De må trods alt give deres mening om, hvad de følte i det magiske øjeblik, de begynder at tjene sig selv. Det hyggelige miljø fik dem til at tie i hele måltidet. Efter alt frokost annoncerede Claudio:

" Vi kom ikke kun for at have en simpel skovtur. Vi skal slå lejr og overnatte her.

Christine, et øjeblik ændrede farven, og alle grinede. Hun var den eneste i gruppen, der ikke vidste det.

" Hvad? Og hvad med farerne ved bjerget? Min far slår mig ihjel, hvis jeg sover her. Jeg tror, jeg går.

" Jeg råder dig til ikke at gå. Vogteren må lure og vente på den bedste chance for at angribe. (Fabiana)

" Bare rolig, Christine. Sagde jeg ikke, at jeg ville beskytte dig? Hvad angår din far, så skal du ikke bekymre dig, han ved, at vi vil overnatte her. (Claudio)

Christine falder til ro. Det ville være bedre, hvis hun blev hos gruppen, fordi hun ikke kendte bjerget og mysterierne. Det ville være skræmmende derude helt alene. Hvem ved, hvad der kan ske? Det var bedre ikke at risikere det. Eftermiddagen skrider frem og samarbejder om at kaste to telte. De er klar på ingen tid. Claudio og Rafael går ud for at lede efter træ for at tænde en brand med det formål at jage vilde dyr, der bor i regionen. Kvinderne er alene i lejren, og rydder jorden omkring teltene.

" Det er dejligt at komme her, Christine. Om aftenen er hele dette sted endnu smukkere. Efter middagen vil du se, det er en total eksplosion. Sig mig, er det ikke bedre end at bo hjemme? (Fabiana)

"Jeg nyder det også, men du skulle have sagt, at du skulle til at lejre her. Jeg var ret overrasket. (Christine)

"Har du bemærket, hvordan Claudio ser på hende og omvendt? Jeg tror, de to er forelskede. (Talita)

"Dine øjne spiller numre på dig, Talita. Der er intet mellem Claudio og jeg.

"Jeg ville for en del være din svigerinde. (Patricia)

" Det er jeg med på. (Fabiana)

" Tak, gutter. Men desværre er det umuligt. (Christine)

Christine så alvorlig ud og de stoppede med de sange. Claudio og Rafael vender tilbage med alt det træ, der er nødvendigt for at holde lejrbålet tændt hele natten. Claudio ser på Christine, og hun svarer til det. Eftermiddagen skrider frem, og det bliver mørkt. Brændslet lyser omgivelserne, efterhånden som natten falder. Alle samles om det, og middagen serveres af Fabiana og Patricia. Alle spiser og taler lidt. Claudio flytter sig fra gruppen, og når han får en vis afstand, anmoder han om at følge ham. Hun fanger signalet og flytter sig også væk fra gruppen.

" Hvad skal vi gøre, Christine? Du og jeg, sammen, overveje disse stjerner. De ser ud til at være vidner til, hvad vi begge føler. Jeg tror ikke kun, at de, men hele universet føler det.

" Det er umuligt. Mine forældre ville ikke tillade det. De er meget fordømte.

" Umuligt? Siger du det til mig her i dette hellige bjerg? Her er intet umuligt.

" Men, men. Hr. Formand!

" Sig ikke mere. Lad dit hjerte skrige højt, ligesom mit.

Claudio gik lidt frem og omfavnede Christine. Han bøjede sin hånd lidt rundt om hendes ansigt og rørte tålmodigt Christines læber med sin egen. Kysset rørte Christine, og et øjeblik følte hun, at hun gik på luft. En masse tanker trængte ind i hendes sind og forstyrrede hendes kys. Når det slutter, trækker hun sig væk og siger:

"Jeg er ikke klar endnu. Tilgiv mig, Claudio.

Christine løber væk og tager tilbage til gruppen. Claudio følger med hende. Bælgbålet sprækker og samles omkring det fordi kulden er intens. Rafael står ved siden af ilden, klar til at fortælle rædsler om bjerget.

"Der var engang en drømmer fra en lille by, der hed Triumf, i baglandet i Pajeú. Han hed Eulalio. Hans drøm var at blive en bandit og samle sin egen bande for at begå forbrydelser, akkumulere formue, have social magt og vidnesbyrd og med dette også fascinere og forføre mange kvinder. Men han havde ikke det mod og beslutsomhed, der var nødvendigt for at gøre dette. Han kunne knap nok bruge et sværd. I sit land havde han hørt om Ororubá hellige bjerg og dens mirakuløse hule, der kunne opfylde alle ønsker. Han tænkte ikke to gange og pakkede sammen for at tage den begærede rejse. Han ankom til bjerget, mødte værgen, færdiggjorde udfordringerne og kom endelig ind i grotten. Hans hjerte var ikke helt rent, og hans ønsker var ikke retfærdige. Grotten tilgav ham ikke og ødelagde hans liv og drømme. Fra da af begyndte hans sjæl at vandre i smerte på bjerget. De siger, han engang blev set af jægere præcis ved midnat. Han var klædt som en bandit og bar en stor pistol, som affyrede spøgelseskugler.

" Blev han modig, efter han døde? Så udførte grotten sin drøm. (Talita)

" Ikke helt, Talita. Hulen ødelagde drømmerens liv og efterlod kun sin sjæl med hans ønske. Desuden er han en fortabt sjæl strandet i lidelse. (Fabiana)

" Det er bare en historie. Der er utallige drømmere, der prøvede deres held i hulen, og indtil videre lykkedes ingen af dem at overleve. Derfor kaldes det fortvivlelsens grotte. (Rafael)

" Jeg ville ikke gå ind i grotten. Mine drømme vil jeg gøre det med planlægning, vedholdenhed, engagement og tro. (Marcela)

" Jeg ville elske. Man kan ikke leve uden at løbe risici. (Christine)

" Altid romantisk. Christine er forelsket, folkens. (Patricia)

Alle griner undtagen Claudio. Han var stadig vred og såret, fordi han på en måde var blevet afvist af Christine. Han havde åbnet sit hjerte og sine følelser, men det var ikke nok at overbevise hende om hans kærlighed. Hun havde talt om fordomme fra sine forældre, men hun var den fordomsfulde. Den smerte, han følte i brystet fik ham til at rejse tilbage i tiden for at huske en episode, der var sket for to år siden, da han boede i Pesqueira og dateret en smuk blondine, borgmesterens datter. De dateret skjult i tre måneder, fordi hun var bange for hendes forældres reaktion. En dag fandt far ud af det og var ikke tilfreds. Han hyrede to lakajer til at piske og slå ham. Det var en tæsk, han aldrig ville glemme. Det var sådan, han følte nu: Slappet, pisket og ikke af hendes forældre, men af hendes og hendes fordomme. Men han ville ikke give op så let fra livet og sin egen lykke. Han ville vise Christine sin værdi, og hun ville forstå, hvor meget der havde været dumt at miste kostbar tid.

Nedfældende og forbereder sig på at sove i teltet. Branden er tændt for at beskytte dem mod bjergets onde dyr. Men hylster kan høres på en vis afstand. Christine rører fra den ene side til den anden, der prøver at kontrollere hendes frygt. Det var første gang, hun sov et helligt sted. Den hårde jord generede hende endnu mere, end hun troede. Hyben fortsætter, og i det øjeblik høres fodtrinenes støj også. Christine holder vejret i fortvivlelse. Kan det være banditspøgelset? Eller måske et vildt dyr, der er klar til at fortære hende? Lydene af fodtrin kommer i hendes retning. En stærk vind rammer teltet, og en mystisk hånd dukker op i døren. Hun er klar til at skrige, men manden, der dukker op, siger:

" Slap af, det er mig.

Christine falder ned og kommer sig ud af skrælningen. Hun genkender stemmen. Det var Claudio. Men hvad han lavede i hendes telt på en sådan time? Hendes ansigt, overskygget af nattens mørke, afspejlede denne tvivl. Claudio spørger:

" Jeg ville spørge dig, om du havde ønsket det.

" Ønsk? Hvilket ønske?

"Bjerget er helligt, og ved midnat vil det give et ønske om hjerter forelskede. Jeg har gjort mit, og ved du hvad? Jeg bad bjerget om at bringe os sammen i kærlighed for evigt.

" Tror du på det her? Jeg tror ikke, at noget bjerg vil ændre min fars planer.

" Jeg har sagt, bjerget er helligt. Tro mig. Det kan gøre vores drøm til virkelighed.

Når det er sagt, slog Claudio hænderne med Christine og lukkede begge øjne. Lige da styrtede de to hjerter ind i et parallelt fly, hvor de begge var glade og frie. Christine så sig selv gift med ham og som mor til mindst syv børn. Det var nok til, at de kunne føle sig som en, forbundet med universet. Strømmen var brudt, Claudio sagde farvel, og Christine forsøgte at falde i søvn på det hårde, tørre gulv.

" Det er fra bjerget Som den nye dag går, rejser Claudio sig og begynder at vække de andre. Christine er den sidste, der rejser sig. Claudio og Rafael Delve ind i skoven for at fange fisk i en dam i nærheden. Det ville være deres morgenmad. I mellemtiden prøver kvinderne at tænde ilden med resten af træet. Fabiana bryder tavsheden.

" Sov godt, Christine?

" Ikke særlig godt. Den hårde, tørre jord gjorde ondt på ryggen. Det gør stadig ondt. (Christine)

" Det er spejderens liv for dig. Gør dig klar, for vi har stadig mange eventyr. (Talita)

" Kunne du lide gåturen generelt? (Patricia)

" Ja, jeg kunne lide det. Bjerget ånder en luft af ro og fred. Jeg elskede kontakten med naturen og dit firma. (Christine)

"Vi nød det også, selv om det ikke er første gang. Nu er du en del af vores hold. (Patricia)

" Har du ordnet det med Claudio i går? (Talita)

"Vi besluttede ikke at starte et forhold, fordi vi lever i helt forskellige verdener. (Christine)

" Med tiden finder du ud af det. Kærlighed er stærkere end forskellene, og som jeg sagde, ville jeg være din svigerinde. (Fabiana)

" Også mig. (Patricia)

" Jeg misunder dig. Claudio er så sød. Ærgerligt, han ikke er interesseret i mig. (Talita)

Samtalen fortsatte levende blandt kvinderne, men Christine foretrak ikke at være en del af den. At tale om hendes kærlighed, Claudio, såre hendes sjæl, fordi det føltes som en umulig kærlighed. Hun kendte sine forældre godt og vidste, de ville være imod det her forhold. Hendes mor håbede stadig på, at hun ville tage tilbage til klosteret, og hendes far ville se hende gift med en mand på deres sociale niveau. Begge muligheder udelukkede Claudio fra hendes liv, men samtidig længtes hendes hjerte efter ham, hun ønskede kun ham. Det var hendes to "modstandere", som hun måtte forene eller vælge mellem. De modstandere invaderede hendes hjerte og lod hende stadig i tvivl. Cirka 30 minutter efter de tog af sted, kom Claudio og Rafael tilbage med en ordentlig mængde fisk. Branden var tændt, og fiskene er placeret på grillen. Fiskene er fuldstændig bagte og fordelt mellem gruppens medlemmer. Claudio siger:

" Vi fiskede, og en gammel dame beder om fisk til hendes måltid. Jeg gav hende dem, og takket være hende velsignet og sagde, at jeg ville

Rejs til fortiden

blive meget lykkelig. Jeg kendte ikke den dame. Jeg har aldrig set hende her. Hun havde et blik i øjet, der fascinerede mig, som om hun kendte fremtiden.

" Måske er hun værge? Siger legenden ikke, at hun bor her på bjerget? (Fabiana)

" Det kan det være. Det tænkte jeg nok, da jeg så hende. (Rafael)

" Så er du heldig, min bror. Der er få mennesker, der kan opnå lykke. (Patricia)

" Hun var virkelig underlig. Jeg følte mig kølig, da jeg gav fisken til hende. (Claudio)

" Jeg er praktisk. Jeg tror endda, bjerget er helligt af de erfaringer, jeg har levet her. Men at tro på vogtere og i grotter, der udfører mirakler, er en masse jord at dække. Snart vil du prøve at overbevise mig om, at der er spøgelser og trolde. (Talita)

" Hvis jeg var dig, ville jeg ikke tvivle. Claudio er en seriøs mand og er ikke en løgner. (Marcela)

" Jeg tror også på ham. I klosteret lærte de mig at dømme folk ud fra deres øjne, og Claudio var helt oprigtig, da han talte om værgen. Han er meget privilegeret over at have mødt hende. (Christine)

Stilhed er blevet rejst i de efterfølgende øjeblikke omkring lejren, og medlemmerne af gruppen har spist deres fisk. Claudio og Rafael brød teltene, og kvinderne samlede de genstande, de havde bragt. Gruppen mødtes i bøn taknemmelig for øjeblikke boede i bjergene og begyndte at gå tilbage til landsbyen, hvor de boede. Claudio tilbød ham forsigtigt sin hånd til Christine, og hun accepterede. Nedgangen fra bjerget var farlig for begyndere. Den fysiske kontakt med Claudio fik Christines hjerte til at springe endnu mere. Denne mand gjorde hende så skør, at hun næsten glemte sociale konventioner, da hun var sammen med ham oppe på bjerget. De var øjeblikke, der havde magt til at tage hende med til parallelle fly, hvor ingen kunne nå hende. Hun havde følt sig lykkelig i disse øjeblikke. Men på vej ned af bjerget, måtte hun opgive sine drømme om fantasi og se den hårde virkelighed i øjnene. En virkelighed, hvor hun var datter af en korrupt, autoritær og major. Bortset fra det, levede hun i de øjeblikke, da Claudio holdt hende og kyssede hende. Christine presser Claudios hånd med magt for at sikre, at han virkelig er til stede der ved hendes side. Hun havde allerede mistet sine bedsteforældre og ville ikke kunne klare endnu et tab. Gruppen går ned fra toppen og er allerede gået halvdelen af afstanden ned ad de stejl bjergkanter. Claudio, lederen af gruppen, stopper og beder alle om at gøre det samme. Drik vand og fortsæt med at gå. Christine tænker på sin mor og den skældende hun ville få fordi hun havde tilbragt hele dagen væk hjemmefra. Hun behandlede hende som et barn, som ikke kunne vælge sin egen vej. Hun havde været i kloster og brugt tre år af sit liv som en eneboer. Hun fik kun lov til at gå på ledsaget gåture og kun med tilladelse fra Moder Højere. I den tid lærte hun latin og grundlaget for den kristne religion. Kultur og viden var de eneste positive ting, der kom ud af hende. Mest var det en spildt del af hendes liv, fordi hun ikke ønskede at være nonne. Hun var træt af at være den gode pige og lydig, da det kun gav hende tab. De "modstandere" som hun bar indenfor, måtte løses. Gruppen fremskynder sit tempo, og på kort tid rejser de hele vejen hjem. De siger farvel til hinanden og vender tilbage til deres hjem.

Majorens misbrug

Christines reception gik glat. Ingen af hendes forældre klagede over, at hun tilbragte natten på det hellige bjerg. Hun havde trods alt ikke været alene. Efter at have talt med sine forældre tog hun et bad, hun gik op på sit værelse og faldt søvn, da hun var træt. Majoren og hans kone er i stuen og taler. Der kan høres en klappende lyd, og Gerusa går straks til døren for at åbne den. Lenice, en bonde, venter på at blive til stede.

" Hvad kan jeg hjælpe med?

" Jeg vil tale med majoren. Det er meget vigtigt.

" Kom ind. Han er i stuen.

Lenice går ind og går ind i stuen.

" Hr. Major, jeg ville tale med dig, sir. Det handler om min nyfødte søn, Jose.

Rejs til fortiden 47

" Hvad med ham? Vil faderen ikke tage ansvar? Har du brug for hjælp til at opdrage ham?

" Nej, ikke noget af den slags. Jeg ville ønske, at De ville være dåbens gudfar.

" Hvad? Godfather? Hvilken vigtig familie hører du til?

" Jeg er en Silva, og vi arbejder i landbruget.

" Det er umuligt. Jeg ville ikke være ven af et simpelt medlem af Silva-familien, selv om jeg var den sidste mand på Jorden. Du burde tjekke dig selv, før du kommer her med sådanne anmodninger.

" Hr. Major, du har intet hjerte.

Den stakkels kvinde, i tårer, fjerner sig fra værelset og går. Hun drømte om at være en af majorens venner, ligesom mange fra landsbyen gjorde. Hendes søn ville have mange flere chancer for at vokse, hvis han var majorens gudsøn. Han ville have adgang til uddannelse, sundhedspleje og et værdigt job, fordi alt i den landsby var afhængig af den store indflydelse. Alle ville have en forbindelse til ham, uden undtagelse. De, der ikke kunne blive overladt til en verden af elendighed og lidelser.

Efter at have kørt landmanden, forbereder majoren sig på at gå på politistationen. Hans kone, Helena, retter sit tøj.

" Så du det, kvinde? Hvilken uforskammethed! En stor af mit værd kan ikke være ven af en simpel Silva.

"De her mennesker vil gerne være dine venner. Guldgravere!

"Hvis de i det mindste handlede, ville jeg tage det. Har du set noget lignende? En stor, venner med landmænd.

" Godt, du satte hende i stedet. Jeg tror ikke, at flere landmænd tør komme her.

Majoren siger farvel til sin kone med et kys. Han begynder at gå, åbner døren og går. Han koncentrerer sig om, hvad han skal til at gøre. Lige siden borgmesteren officielt var blevet svoret som hovedpolitisk myndighed i regionen, havde han endnu ikke truffet nogen aktive beslutninger. Tallet af "sød" major var allerede irriterende. Han måtte træde frem for at blive respekteret af andre myndigheder. Majoren og obersten havde nøgleroller i konsolideringen af en uretfærdig struktur kaldet "Oberstgruppen", som herskede dengang. Fra denne uretfærdige struktur afslørede de magt og konkurrence. Majoren går hele tiden, og snart nærmer han sig stationen. Han er helt overbevist om, hvad han vil gøre. Han lærte i sin tragiske barndom i Maceió, hvordan man træffer beslutninger på det mest rettidige tidspunkt, og han erkendte, at det var det bedste tidspunkt. Han tager tempoet for at undgå fortrydelse og skyld. Han ankommer til politistationen, åbner hoveddøren og bekendtgør:

"Delegaten Pompeu, vi har et vigtigt spørgsmål at drøfte.

"Majoren leverer en liste til den delegerede i sit kammer.

" Hvad er det?

"Det er den fuldstændige liste over alle forbrydende skatteydere. Jeg vil ikke tolerere flere forsinkelser, og jeg kræver, at De, hr. delegeret, vil håndtere dette.

" Har du givet dem en forlængelse af betalingen?

" Ja, jeg gjorde alt, hvad jeg kunne. Skatteopkræveren, Claudio, sagde, at de giver dårlige undskyldninger for ikke at betale.

" Jeg kan ikke se, hvad jeg kan gøre. Loven tillader mig ikke at gøre noget.

"Jeg må minde Dem om, hr. Pompeu, at Deres kære delegerede vil være i fare, hvis De ikke gør noget. Den lov, jeg kender, tjener den stærkeste, og som hovedfag beder jeg dig om øjeblikkeligt at fængsle alle de slyngler og ikke frigive dem, før de betaler deres gæld.

Delegaten Pompeu rystede hovedet og ringede til hans to officerer for at anholde ofrene. Majoren er tilfreds, fordi hans krav bliver opfyldt. Det ville være den første af mange vilkårlige handlinger, som han ville tage som den største politiske myndighed i regionen.

Mass

Det var en smuk søndag morgen. Kapelklokkerne bebudede søndagsmessen. Jeg klæder mig på forbereder fader Chiavaretto en anden fest. Chiavaretto var Mimoso officielle præst. Oprindeligt fra Venedig, Italien, søn af en families familie, var han blevet ordineret i

Rejs til fortiden

1890. Hans præstinde aktivitet begyndte i sit indfødte land i samme år af hans ordination og varede indtil 1908. I år blev han officielt overført til Brasilien ved hjælp af biskoppen. Hans mission var at sprede evangeliet og at belæste dem, der stadig holdt i hegemonisme. I to års hårdt arbejde havde han opnået fremskridt i den lille landsby. Et af målene var imidlertid at få større antal i masse. I begyndelsen, da han ankom til landsbyen, var tilstedeværelsen af befolkningen i massen større. I tiden mistede folk begejstringen, blot fordi den masse, Chiavaretto havde foretaget, var helt latin. Det var en officiel beslutning fra kirken dengang.

Før festen begynder, tager præsten et kort øjeblik med overvejelser. Tiden i Venedig kom til hans sind og han huskede hver af sine brødres og søstres skæbne. En af dem besluttede at være soldat i hæren og efterladt for at skabe en integreret fredsaftale i andre lande. Han havde altid haft en tendens til at beskytte de andre børn. En søster forlod at blive nonne og en anden gift og fik fire børn. De to fulgte modsatte stier i deres liv, men glemte ikke den anden eller holdt op med at være venner. Begge boede i Venedig, Italien. Han blev præst, men ikke af egen vilje, men af et tegn på skæbnen. Han blev kaldt af Jesus. De hændelser, der fik ham til at blive præst, var følgende: Da han var barn, spillede han stille og roligt med en af sine venner på en bro, der sidder præcis over en flod. Det spil, de spillede, var tag. Han gik gennem broen for at slippe væk fra modstanderen. Hans ben skælvede, han blev svimmel og tog et falsk skridt, han faldt præcis i floden. Strømmen var stærk, da floden var fyldt. Chiavaretto prøvede at svømme, men han havde ingen erfaring i vandet. Og hans ven så på, fordi han heller ikke kunne svømme. Der var ingen voksne i det øjeblik. Lidt efter lidt mistede Chiavaretto styrke og bevidsthed. Da han følte, han var tæt på sin ende, råbte han Jesus hellige navn. Hurtigt følte han en stærk hånd, der holdt ham og en stemme, der sagde:

" Pedro, frygt ikke!

Det var hans navn: Pedro Chiavaretto. Den mægtige hånd løftede ham op og op af vandet. Da han blev reddet, i floden banken, forsvandt den mystiske mand. Fra den dag har Pedro Chiavaretto viet sig selv til religion og blev præst. Denne oplevelse var hans hemmelighed, han fortalte ikke nogen.

Det korte refleksionsøjeblik passerer og præsten går mod alteret. Han ser på menigheden og bekræfter, at det er den samme, præcis som altid, at de rige og magtfulde sidder i de bedste peers og de mindre heldige i de andre. Denne type afdeling gjorde ham fortræd, fordi det var det modsatte af det, han lærte på seminaret. Folk er lige for Gud og har samme betydning. Det, der adskiller mennesker, og gør dem specielle, er deres talenter, karisma og andre kvaliteter. Men han kunne ikke gøre noget. Med erklæringen fra Republikken og forfatningen fra 1891 fandt der en officiel adskillelse af kirken og stat. Brasilien blev fra det øjeblik en stemmeret uden officiel religion. Kirken mistede også meget af sin magt og privilegier. Hermed var oberensternes gruppe (hersker i nordøst) højeste i deres beslutninger, som kirken ikke kunne gå imod.

Præsten starter festen, og de eneste, der virkelig lytter til hans ord, er den trofaste Christine og Helena, som begge kender latin. De andre gik i kirke for at se på de andres tøj og stil og sladder. De anede ikke, hvad der var meningen med massen. Præsten taler om tilgivelse og om, at vi skal være opmærksomme på de tegn, der kommer fra vores hjerter. Han siger, at det er det bedste kompas for tabte rejsende. Massen fortsætter og når frem til et øjeblik med sakramenterne. Når præsten forvandler brød og vin til Jesus Kristus krop og blod, ser Christine Claudio ved alteret, ved siden af faderen. Hun ryster hovedet, og synet forsvinder. Det var anden gang, at noget lignende skete for hende. Første gang det skete, strikkede hun på verandaen af sit hjem. Hvad skete der med hende? Hendes tanker ville ikke engang respektere massen. Christine beslutter ikke at tage nadver, fordi hun ikke var forberedt og ikke følte sig fuldstændig ren til at deltage i det. Helen gør. Fejringen fortsætter, og Christine forsøger at fokusere på præstens prædiken. Hun lytter til hvert ord, han siger. I det øjeblik kan hun endelig glemme Claudio lidt og glemme den vidunderlige skovtur. Hun gav sig næsten til ham på bjerget. En frygt for dømmekraft og hendes far holdt hende tilbage. Præsten giver den endelige velsignelse, og

Christine føler sig mere lindret. Hun ville ikke bekymre sig om at holde sine tanker tilbage.

Refleksioner

Christine, sammen med hendes forældre, opgiver afhængighederne af det lille kapel i St. Sebastian. Majoren siger farvel til dem og tager sig af forretningerne i Bosnien-Hercegovina. To-returnering hjem. Og Christine begynder at tænke over prædiken for et øjeblik siden fra præsten. Havde hun fået tilgivelse fra sin mor efter at have forladt klosteret? Var hun blevet tilgivet? Svaret på begge spørgsmål er nej. Hendes mor, skuffet efter hendes udgang fra klosteret, var aldrig igen den samme mor, som hun havde lært at elske og respektere. Hun elskede ikke længere eller viste hende nogen følelser som før. Hendes mor var ikke længere hendes ven, kun en ledsager. Igen talte hun om klosteret og kommenterede, hvordan hun ville blive så glad, hvis hun havde en datter, der var nonne. Hun gav stadig sine egne håb om, at Christine ville tage tilbage. Hvad angår sin egen skæbne, nærede Christine stadig tvivl. Hun var sikker på, at han havde følelser for Claudio, men var bange for at overgive sig helt til denne lidenskab og endte med at blive såret.

Christine havde i klostret lært, at mænd havde mange sider til dem og ikke kunne stoles på. Hvad angår hendes hjerte, havde hun nægtet at lytte til det i de mest afgørende øjeblikke i hendes liv. Hun lyttede ikke, da det sagde, hun ikke skulle involveres med sønnen af gartneren i klosteret. Da han blev bortvist, forlod han hende uden forklaring. Hun lyttede ikke til det, da hun bad hende give efter til Claudio, på bjerget. I stedet foretrak hun at adlyde sociale konventioner og frygt. Hun nægtede at lytte til sit hjerte, hun blev hindret. Christine laver en pagt med sig selv og accepterer at lytte til den næste mulighed. Fader Chiavaretto masse havde vist sig nyttig.

Sucavão

Det var en rolig tirsdag morgen. Dagen før havde en voldsom regn fyldt floderne og strømmene. Stedet var i gang med mange badende fra hele regionen og morede sig i Mimoso-floden. I mellemtiden var gruppen af unge venner, der var ledet af Claudio, på vej til Christines hjem. De ville bede hende om at tage på en anden speciel tur. De ankommer til bopælen og klapper i hænderne for at blive hørt. Gerusa, huspigens stuepige, åbner døren.

" Hvad vil du?

" Vi skal tale med Christine. Er hun hjemme?

" Det er hun. Vent lige lidt. Jeg ringer til hende.

Et øjeblik senere, ser Christine ud smilende og klar til at tale med dem.

"Gerusa fortalte mig, at I ville tale med mig. Om hvad?

Claudio, gruppens leder, talte op.

" Vi er her for at invitere dig på en interessant rejse med os. Med regnen i går, er floderne og strømmene i området oversvømmet. Hele byen nyder det. På Frexeira Velha gården nær her er der et meget specielt sted, vi vil vise dig. Hvad siger du?

"Hvis du lover, at der ikke kommer nogen overraskelser, som dengang var der på skovturen, så tager jeg af sted. (Christine)

" Det bliver der ikke. Du vil blive glad for stedet. (Fabiana)

" Vi lover at vise dig en særlig morgen. (Rafael)

De øvrige medlemmer af gruppen opfordrer også Christine til at acceptere, og hun ender med at blive enig. Hun gjorde jo ikke noget vigtigt. At gå ud, ville hjælpe hende til bedre at tænke over nogle idéer. Med Christines samtykke begyndte gruppen at gå hen imod en destination, som hun ignorerede. Claudio tilbød hende sin arm, og hun accepterede efter hendes hjertes instinkter. Hun havde lært det af præsten. Fysisk kontakt gjorde Christine til parallelle universer langt ud over et almindeligt menneskes fantasi. Her var der ikke plads til andre end hende og hendes elskede. Hun var gift med mindst syv børn, alle fra Claudio. Hendes fordomme og moralsk ustabile forældre manglede evnen til at påvirke hende i sin egen fantasi. Hvis Bjerget i

Ororubá virkelig var helligt, ville det fortsætte med deres anmodning og gøre disse planer til virkelighed. Selv om det næsten var umuligt af to grunde. For det første fordi hun var datter af en mor, der stadig havde håb om, at hun blev nonne. For det andet havde hun en far, der projicerede en fremtid for hende (efter hans mening en lykkelig en), ved at gifte sig med hende til en person fra sit eget sociale niveau. Desuden var begge yderst fordomsfulde.

Gruppen stopper lidt, så alle kan hydrere. Claudio ville ikke give slip på Christines arm et øjeblik. I hans sind ville Christine kun være hans, da de var indbyrdes forbundne. Fra det øjeblik han mødte hende, ændrede hans liv sig. Han begyndte at give mindre betydning for drikke og rygning. Det er han næsten holdt op med. Hans venner bemærkede også ændringer. Han var blevet en mere karismatisk og munter mand. Han klagede ikke mere over arbejde eller regninger. Han blev oplyst af Guds kærlighed. For Christine var han villig til at gøre alt for at møde den frygtede major og hans kone, at møde den offentlige mening, om nødvendigt at møde Gud og verden. Han lærte ægte kærlighed at kende, til forskel fra andre gange han havde en kæreste.

Gruppen fremskynder deres tempo, og om ca. 10 minutter når de Frexeira Velha gården. De går til højre og går et par meter mere, da en genvej tog dem til randen af en jernbane. De ankommer endelig til deres destination, og Christine er forbløffet. Den står over for en naturlig pool, der er udskåret i sten, og det overser en lille strøm.

" Så det er det, du ville vise mig. Det er sensationelt!

" Vi vidste, du ville kunne lide det. Det er et godt sted at slappe lidt af. Det hedder Sucavão. (Claudio)

De løber alle til dette lille vidunder af naturen. Claudio flytter lidt væk fra Christine og begynder at springe rundt i vandet. Han bliver under vandet et par sekunder. Christine bliver bekymret og begynder at lede efter ham i poolen. Når hun mindst forventer det, holder to stærke arme sine lår og Claudio dukker op og krammer hende.

" Ledte du efter mig?

Christine siger ikke noget og hviler sine arme på Claudios skuldre. Han føler øjeblikket og nærmer sig hende. Hans insisterende læber leder efter hendes. De to finder hinanden og skaber en storm af bifald. Christine og Claudio vender sig mod de andre og griner. Deres forhold blev bekræftet. Alle nyder poolen. Claudio og Christine bevæger sig ikke fra hinanden. Gruppen tilbringer hele morgenen i Sucavão og derefter vender alle tilbage til deres hjem.

Markedet

En meget solrig onsdag morgen opstår, og Christine er lige vågnet. Hun rejser sig op af sengen og tager et bad. Hun går ind på toilettet, tænder hanen, og det kolde vand oversvømmer hele kroppen. I det øjeblik rejser hendes sind og lander præcis i begivenhederne den foregående dag. Hun tænker på Claudios omfavnelse og kys. Den første fysiske kontakt gjorde hende endnu mere sikker på, hvad hun følte for ham. Det var noget, der varede. Hun slukker for vandet, sæber op og frygt begynder at tage fat i hendes intime tanker. Hvad ville der blive af dem, når hendes forældre opdagede det? Ville kærligheden være stærkere end fordomme og sociale konventioner? Havde bjerget virkelig svaret på hendes anmodning? Svaret på de spørgsmål, hun ikke vidste. De kunne kun gøre det, hvis de begge kunne nyde øjeblikket og håbe, at det ville vare evigt.

Hun tænder vandet igen, og den tidligere frygt forsvinder. Hun var villig til at kæmpe for denne kærlighed, selv om det kostede hende dyrt. Vandet fra hanen får hende til at huske Sucavão, og hvordan det sted var magisk. Hun mener, at alle skal være som den flod, der giver sig selv helt til sin skæbne. Sådan ville hun handle i forhold til sin kærlighed, Claudio. Det kolde vand generer hende, og hun beslutter at slukke for det. Hun tager to håndklæder og begynder at tørre af. Efter fuldstændig tørring klæder hun sig og går i køkkenet for at spise morgenmad. Når hun ankommer, finder hun Gerusa tjene sine forældre.

" Allerede? Du ser godt ud. Hvad skete der?

" Ingenting, mor. Jeg har bare haft en god aften.

" Min datter er en god pige. Hun ville ikke gøre noget imod vores principper. (Større)

Rejs til fortiden 55

En iskold kølle turde Christines lig, og i det øjeblik havde hendes forældre gættet hendes tanker. Hun beslutter sig for at tie stille, så ikke at vække mistanke.

" Skal vi ikke tage til messen i dag? Jeg har brug for frugt, grøntsager og bønner. (Helena)

" Jeg tager med dig, mor. (Christine)

" Det kan jeg ikke. Jeg skal nok ordne det. (Større)

De to spiser morgenmad og går til markedet. Mimoso-markedet var blevet en stor begivenhed, der lokkede besøgende fra hele regionen. Den dag var der meget travlt og handlede. Christine og Helena nærmer sig Olivias frugt, og i det øjeblik syntes himlen at krydse udvekslingen af blikke mellem Christine og Claudio.

" Er du her? Det havde jeg ikke forventet. (Christine)

" Min mor lod mig lede hendes telt. Hvad ville et barn ikke gøre for sin mor? Hvordan går det, frøken?

" Udmærket.

" Jeg vidste ikke, I var så gode venner.

Christine forklæder sine følelser for Claudio og reagerer:

Han er en del af de venner, jeg går ud med, og han er min kollega, glemte du det?

" Åh, ja. Skatteopkræveren.

Claudio blinker ved Christine som tegn på medskyldighed. De to måtte simulere det indtil det rette tidspunkt. Claudio spørger:

" Hvad vil du have?

" Jeg vil have to dusin bananer, tre Papaya og seks mangoer. (Helena)

Christine lægger mærke til hver maskuline detalje af hendes kærlighed og er imponeret. Hun var ikke i tvivl om, at han var den mand, hun ville have, uanset hvor mange forhindringer hun måtte overvinde. Hun havde lært, at en vinder var en, der turde. Claudio giver dem frugterne, Christine og Helena på en anden station. Markedet er åbent indtil kl. 14.00.

Sagen om koen

Major Quintino, som en af regionens pionere, blev en rig plantageejer og dermed en af de største kvægavlere i regionen. En dag krydsede hans ansatte kvæg over jernbanen for at få adgang til en anden del af jorden. Det samme øjeblik dukkede et tog med stor hastighed op i horisonten. De ansatte skyndte passagen, og toglederen forsøgte at stoppe, men uden succes. En af køerne blev ramt af toget og døde på slaget. Chaufføren fortsatte på sin rejse, og de ansatte var forfærdede. De fandt sammen og besluttede at fortælle det til majoren.

Da majoren hørte historien, beordrede han sine ansatte til at sætte en kæmpesten på jernbanens spor. I samme tid var majoren forblevet fanget og ventede på toget. Det dukkede op i horisonten lige til tiden, og da ingeniøren bemærkede stenen, stoppede han for at undgå styrtet. Heldigvis lykkedes det ham, og ingen kom til skade. Føreren plagede, steg af toget og spurgte:

" Hvem satte stenen midt i jernbanen?

I det øjeblik henvender hovedparten sig til ham og spørger:

" Hvad hedder De, sir?

" Mit navn er Roberto. Sig mig, hvem satte stenen i min sti?

" Det var mine mænd, der lagde den her. Jeg kan se, at du har stoppet toget i dag. Men i går, sir, var du ikke succesfuld og slog en af mine køer.

" Det var ikke min skyld. Toget kom med fuld fart, og da jeg indså, at koen stadig var der, var det for sent.

" Jeg kan ikke bruge din undskyldning. Jeg vil ikke fordømme dig til myndighederne eller kræve, at du betaler for koen. Men fra i morgen, hver gang du passerer gennem denne landsby, vil du være forpligtet til at stoppe foran mit hus, spørge, om nogen af min familie vil rejse. Hvis det er tilfældet, så venter du, så længe det tager, før vi gør os klar. Hvis ikke, kan du følge med på din rejse. Er det forstået?

" Jeg har vel ikke noget valg. Fint.

Majoren beordrer hans ansatte til at trække stenen tilbage, så toget kunne fortsætte på sin rejse.

Pressen

Major Quintino var berømt i hele regionen for hans torturmetoder. Det mest kendte var uden tvivl den frygtede presse. Det var et jerninstrument med fem ringe, et til at sætte på halsen, to for hver hånd og to for hvert ben. Majorens fjender blev pisket i pressen, ofte til døden.

Engang fik majoren tre heste stjålet, og tyven blev set af en af hans ansatte. Tyven forsvandt i en tid, og majoren fandt ham ikke. Da sagen var afsluttet, besluttede tyven at vende tilbage og blev set gå rundt om Mimoso. Majoren vidste, det var ham og sendte sine ansatte til at tilbageholde ham. Tyven blev fanget og placeret i pressen. Tortureret og ydmyget, tyven tilstod forbrydelsen, og sagde, han solgte hestene for at få nogle småpenge. Den vrede major tilgav ham ikke og beordrede sine ansatte til at piske ham hele natten. Tyven bukkede under til sine skader og døde. Majorens ansatte samlede liget op og begravede ham. Han var et af ofrene for dette arkaiske samfundssystem, et system, der dræber selv før dommen.

Slut

www.ingramcontent.com/pod-product-compliance
Lightning Source LLC
LaVergne TN
LVHW010615070526
838199LV00063BA/5160